# Wahre Freunde

Ein Mitmachbuch von
Anna Stillitano
und

_____

Bibliografische Information der Deutschen Nationalbibliothek:
Die Deutsche Nationalbibliothek verzeichnet diese Publikation in der
Deutschen Nationalbibliografie; detaillierte bibliografische Daten sind
im Internet über dnb.dnb.de abrufbar.

Herstellung und Verlag: BoD - Books on Demand, Norderstedt

ISBN: 978-3-7543-7504-4

## Liebe neue Schriftstellerin, lieber neuer Schriftsteller,

beim Durchblättern der Lektüre hast du sicherlich bereits festgestellt, dass dies ein etwas anderes Buch ist, sei es wegen der leeren Seiten oder des nicht vorhandenen Klappentextes. Denn jetzt bist DU gefragt!

Du gestaltest die Handlung mit und hältst am Ende dein persönliches Werk in den Händen. Im Laufe des Lesens wirst du deshalb Kapitel weiter- und umschreiben, Szenen ergänzen oder Alternativhandlungen verfassen – ganz so, wie du es möchtest!

Die Checkliste auf den Seiten 6 und 7 gibt dir eine Übersicht über die einzelnen Aufgaben. Hier trägst du ein, wann du die jeweilige Aufgabe gelöst hast. Eine zusätzliche Spalte gibt dir die Möglichkeit, einen Kommentar, einen Verbesserungsvorschlag oder eine Erinnerung aufzuschreiben.

Außerdem findest du bei manchen Aufgaben einen Hinweis zu einem Instagram-Post. Deine Lösungen zum jeweiligen Auftrag kannst du fotografieren und bei Instagram mit den Hashtags #wahrefreunde und #wahrefreundebuch hochladen. Zusätzlich kannst du mich mit @wahrefreundebuch markieren, damit ich dir antworten kann.

Ich freue mich auf deine Werke.

Herzliche Grüße von

Anna Stillitano

| Aufgabe | Bewertung der Aufgabe |
|---|---|
| 1 | ☺ ☺ ☹, weil |
| 2 | |
| 3 | |
| 4 | |
| 5 | |
| 6 | |
| 7 | |
| 8 | |
| 9 | |
| 10 | |
| 11 | |
| 12 | |
| 13 | |
| 14 | |
| 15 | |
| 16 | |
| 17 | |
| 18 | |
| 19 | |
| 20 | |
| 21 | |
| 22 | |
| 23 | |
| 24 | |

| Kommentar, Verbesserungsvorschlag, Erinnerung | erledigt am |
|---|---|
| | |
| | |
| | |
| | |
| | |
| | |
| | |
| | |
| | |
| | |
| | |
| | |
| | |
| | |
| | |
| | |
| | |
| | |
| | |
| | |
| | |
| | |
| | |
| | |

**Aufgabe 0:**

Der Titel des Romans lautet *Wahre Freunde*. Welche Geschichte könnte erzählt werden?

Verfasse ein Wortakrostichon und setze deine Gedanken in Beziehung zur möglichen Handlung des Buches. Dein Akrostichon kannst du anschließend mit der Markierung @wahrefreundebuch auf Instagram posten.

**Erklärung:**

Ein Akrostichon ist eine Gedichtart, bei der du zu den einzelnen Buchstaben eines geschriebenen Wortes Gedanken aufschreibst. Das Thema ist senkrecht geschrieben und die Gedanken und Begriffe, die zu dem senkrecht geschriebenen Wort passen, werden waagerecht hinzugefügt. Zum Beispiel:

S = Schlau

C = Chemie

H = Hausaufgaben

U = Unterricht

L = Lernen

E = Erfolg

W

A

H

R

E


F

R

E

U

N

D

E

»Ganz und gar man selbst zu sein, kann schon einigen Mut erfordern.«

*Sofia Loren*

# 01

Der Schulendspurt begann. Alex freute sich auf diese letzten Wochen. Die vergangenen Osterferien hatte er mit seinem besten Freund Andy zuhause verbracht. Alex hatte gar nicht den Wunsch, irgendwohin zu fahren, denn alles, was er brauchte, befand sich daheim – seine Familie, sein bester Freund und die Dinge für ihr Vorhaben und ihr Hobby, welchem sie in jeder freien Minute nachgingen. Die beiden Freunde sind seit einigen Jahren Experten für das Mittelalter. Die Zeit zwischen dem 6. und 15. Jahrhundert fasziniert sie vor allem wegen der unterschiedlichen Denkweisen, des Rittertums und der Burgen. Für Alex und Andy passt der Name »Das dunkle Jahrhundert«, wie das Mittelalter auch bezeichnet wird, überhaupt nicht. Die Menschen waren damals nämlich nicht ausschließlich ungebildet und unhygienisch, sondern durchaus geistreich und kreativ. Viele Erfindungen wie die Brille und die Schubkarre helfen uns heutzutage immer noch.

Auch wenn Alex Spaß an seinem Hobby hatte, wäre er lieber schon nach dem zweiten Tag der Osterferien wieder zum Unterricht gegangen. Er wünschte sich eine Schule für die Ferien, die fleißige und interessierte Schüler besuchen dürfen, um ungestört lernen zu können. An „seiner" Geschwister-Scholl-Gesamtschule war ein störungsfreier Unterricht nicht möglich, denn es gab *immer ein paar Schwachköpfe, die den Spaß am Lernen durch Pöbeleien, Aggressivität und Ignoranz verdarben und andere Schüler unterdrückten,* wie Alex dachte. Ganz anders als der eigentliche Gedanke von Hans und Sophie Scholl, deren Namen die Schule trug. Die Geschwister kämpften bekanntlich im Zweiten Weltkrieg gegen das NS-Regime. Sie leisteten aktiven Widerstand gegen Adolf Hitler und bewiesen zu dieser Zeit unfassbaren Mut, indem sie Flugblätter mit dem Aufruf »Nieder mit Hitler!« verteilten. Auch bei ihrer Verhaftung blieben sie standhaft und sagten, dass viele Bürger dasselbe dachten, aber keiner den Mut hätte, es öffentlich auszusprechen. An Alex' Schule gab es ein ähnliches Szenario: Die friedlichen Schüler wurden von den »Störfällen«, wie Alex sie nannte, unterdrückt. Doch anders als bei den Geschwistern Scholl hatte keiner den Mut, sich dagegen zu wehren und die Situation in eine bessere zu wenden. Alle liefen mit dem Strom, statt gegen ihn anzuschwimmen.

Alex freute sich sowohl auf die letzten Wochen Unterricht als auch auf die bevorstehenden Abschlussprüfungen des zehnten Jahrganges, denn fast alle dieser »Störfälle«, die auf die Idee Hans und Sophie Scholls pfiffen, würden nach den Sommerferien nicht mehr dort sein, sodass das Leben vieler Schüler leichter werden würde. Für die Störer waren es die letzten Ferien, aber soweit dachten sie gar nicht. Die Schule stand bei ihnen sowieso hintenan und über ihre Zukunft machten sie sich keine Gedanken. *Zehn Jahre später, wenn sie erwachsen sind, werden sie sich wegen ihrer katastrophalen Schulzeit in den Allerwertesten beißen,* erinnerte sich Alex an die Worte seiner Mutter, wenn er ihr von Prügeleien auf dem Schulhof, respektlosem Verhalten gegenüber Lehrern und ihrem Desinteresse an guten Noten berichtete. Mit diesen Worten versuchte seine Mutter ihm Kraft zu schenken, damit er nicht auch Teil dieser »Störfälle« wurde und seinen Prinzipien und seiner positiven Einstellung zum Lernen treu blieb. Das schaffte sie auch.

Alex war ein fleißiger Junge, der über die Note „Gut" enttäuscht war – es geht nämlich immer ein bisschen besser. Er betrachtete die Schule als einen Lebensabschnitt, in dem man sich zusammenreißen musste, um später erfolgreich sein zu können. *Dafür, dass man nur 13 Jahre lang zur dorthin geht, aber die Menschen durchschnittlich 75 Jahre alt werden, ist diese Zeit also ein Klacks,* dachte er. Für ihn war das Schüler-Sein ein Beruf, dem er erfolgreich nachging. Sein Herz schlug für die naturwissenschaftlichen Fächer, besonders für Physik. Alex fand es faszinierend, dass man mit Formeln und Gleichungen erklären konnte, warum zum Beispiel eine 90 Kilo schwere Person auf einer Luftmatratze nicht im Wasser unterging, obwohl sie nur von Luft getragen wurde. Eine Luftmatratze wog im aufgepusteten Zustand circa 300 Gramm – wie konnte sie also 90 Kilo aushalten?

Das Klingeln zum Schulschluss unterbrach seine Gedanken.

»Sehen wir uns heute nach der Schule?«, fragte ihn Andy und wusste eigentlich schon die Antwort, weil die beiden nicht zu trennen waren und sie jede freie Minute miteinander verbrachten.

»Natürlich! Ich mache aber erst die Hausaufgaben fertig«, antwortete Alex und packte seine Mappen und Bücher in den Rucksack.

»Es ist der erste Schultag, was kannst du für Hausaufgaben haben?«

»Man muss immer fleißig bleiben. Die jetzige Zeit bis zu den Prüfungen ist wohl die wichtigste. Außerdem gibt es immer etwas zum Lernen und Nachbereiten. Ich möchte ein perfektes Abschlusszeugnis«, sagte Alex.

Andy schüttelte lächelnd den Kopf. Sogar für ihn war sein bester Freund in dieser Hinsicht ein bisschen zu viel. Andy war zwar auch fleißig und ein sehr guter Schüler, aber in seinen Augen übertrieb Alex es in manchen Dingen. Er holte ihn daher immer mal wieder auf den Boden zurück und erinnerte ihn daran, auch einmal Spaß zu haben.

»Ich komme um 15 Uhr zu dir«, beschloss Andy, ohne dass Alex dem irgendeinen Einwand entgegenbringen konnte.

Gemeinsam verließen sie den Klassenraum und sahen am hinteren Flur die GANG, vor der Schüler wie Alex und Andy in Angst leben mussten.

»Meinst du, die machen am ersten Schultag auch schon Hausaufgaben und bereiten irgendetwas für die Schule vor?«, fragte Andy und fing an zu lachen.

Dabei passte er auf, dass die GANG das Lachen nicht auf sich bezog, da Alex und Andy sonst ihr Treffen wahrscheinlich wegen einer Untersuchung ihrer gebrochenen Nasen im Krankenhaus hätten absagen müssen.

»Was die machen, interessiert mich nicht. Hauptsache ich komme in meinem Leben weiter«, antwortete Alex, doch hier irrte er sich, denn die Zeit bis zu den Prüfungen sollte anders verlaufen als gedacht.

**Aufgabe 1:**

Alex und Andy verbrachten fast jede freie Minute der Osterferien miteinander. Was haben sie erlebt? Welcher Tätigkeit sind sie nachgegangen? Wie sah ein Tagesablauf der beiden Freunde aus?

Füge dem Roman einen Teil hinzu, indem du einen Tag der beiden in den Ferien genauer beschreibst. Benutze dabei folgenden Satzanfang:

Es war der dritte Ferientag und Alex und Andy hatten sich erneut verabredet – genauso wie an den Tagen zuvor. Diesmal wollten sie …

_____

_____

_____

_____

_____

_____

_____

_____

_____

_____

# 02

»Klopf, klopf … Was macht das A-Team?«, fragte Alex' Mutter Conny und lugte durch einen kleinen Türspalt hervor. Der Besuch war keine Kontrolle, das wussten Alex und Andy genau. Conny vertraute ihrem Sohn in jeder Hinsicht und jede Mutter, die einen Sohn wie Alex hatte, konnte beruhigt und gelassen sein. Noch nie hatte er sie belogen. Er redete offen über Probleme und Ängste mit all seinen Familienmitgliedern und seinem besten Freund Andy. Doch vor allem seine Mutter Conny war Alex' persönlicher Leuchtturm, der im Dunkeln Licht und Orientierung gibt, damit sich alle Schiffe um ihn herum zurechtfinden können. Ein Leuchtturm ist zudem eine Anlaufstelle für Schiffe in Not und sendet Unterstützung. In Alex' Leben hatte es noch nicht viele Situationen gegeben, in denen er fast von seiner Route abgekommen wäre, aber es war trotzdem schön zu wissen, dass der Leuchtturm immer Hilfe bot.

»Wir beschäftigen uns mit der Ständeordnung im Mittelalter«, antwortete Andy. »Es ist echt interessant, wie die Menschen einer Schicht zugeordnet wurden, ohne dass sich jemand gewehrt hat.«

»Meinst du nicht, dass wir aus dem Alter heraus sind, uns das A-Team zu nennen?«, grätschte Alex dazwischen.

Das A-Team stand für das *allerbeste* Team und die *allerbeste* Freundschaft zwischen zwei Jungs, die seit Sandkastenzeiten bestand. Schon vor vielen Jahren wurden Alex und Andy zu einem Herz und einer Seele und verbrachten beinahe ihre ganze Freizeit miteinander. Sie hatten dieselbe Grundschule besucht, waren dort in derselben Klasse und auch jetzt erlebten sie gemeinsam das letzte Schuljahr. Andy war genauso interessiert am Mittelalter wie Alex.

Der einzige Unterschied zwischen ihnen bestand in ihrem Aussehen. Alex war lang und dürr geraten, seine braunen Haare zottelten ihm ins Gesicht und er sah mit seinen 1,90 Meter schlaksig aus. Seine viel zu langen Arme ließen ihn zudem unbeholfen wirken. Andy war 20 Zentimeter kleiner als sein bester Freund und hatte ein paar Kilo zu viel am Körper. Er trug seine hellblonden Haare kurz und stylte sie täglich mithilfe eines Kleckses Gel zu einem Igel. Von außen betrachtet waren Alex und Andy also wie Ying und Yang, doch im Herzen waren sie fast identisch.

»Jungs, geht doch mal vor die Tür! Die Sonne strahlt und ihr hockt hier im Zimmer. Hier habt ihr 10 Euro! Geht doch zu Alberto«, schlug Conny vor und gab Andy, der näher an der Tür saß, das Geld.

Sie trotteten durch die Straßen des Wohngebietes. Die Häuser entlang der Straßen waren ausnahmslos Ein- oder Zweifamilienhäuser und tadellos gepflegt. Die Rasen der Vorgärten waren frisch gemäht, die ersten Blumen und Bäume strahlten den Betrachter an und Oster-Überbleibsel aus Keramik standen an den Türen und Wegen und verbreiteten gute Laune. Auswärtige Besucher erkannten sofort, dass dieser Stadtteil wohl einer der beliebtesten und teuersten der Stadt Göttwen war.

Natürlich gab es auch andere Viertel, die weniger idyllisch wirkten, aber dorthin verirrten sich Andy und Alex eigentlich so gut wie nie.

Das A-Team erreichte die Eisdiele Girasole. Alberto, der Besitzer des Lokal, begrüßte sie mit einem überschwänglichen »BUONGIORNO RAGAZZI« und wies den beiden einen Sitzplatz in der Sonne zu. Alberto und seine Eisdiele waren ein fester Bestandteil des Viertels und deshalb kannte er auch Alex und Andy seit ihrem Kindesalter.

»Che cosa prendete?«, fragte Alberto und machte sich mit Kugelschreiber und Block bereit, die Bestellung aufzuschreiben.

»Ich hätte gerne ein Spaghetti-Eis. Bitte mit extra vielen Kokosraspeln«, sagte Andy.

»Für mich das Gleiche«, fügte Alex hinzu und machte es Alberto leicht, da er so weniger schreiben musste.

Kurz darauf löffelten die Freunde an ihren Portionen Eis, als sie bekannte Stimmen hörten.

»Oh wie süß, die zwei größten Loser der Schule haben ein Date.«

»Die zwei geben ein nettes Pärchen ab.«

»Wer lädt bei Schwulis eigentlich wen ein?«

»Dick und Doof passen ja gut zusammen.«

Ohne aufzusehen, erkannten sie die Stimmen sofort und starrten auf ihr Eis, um Blickkontakte zu vermeiden.

»Lutsch doch an seinem Schwanz statt am Eis!«, schrie ein Junge und drehte sich lauthals lachend zu seinen Freunden um, die ihn für diese Aussage feierten und laut grölten.

Alex hob leicht den Kopf, um sich zu vergewissern, zu welchen Personen welche Stimmen gehörten. Es war die GANG.

»Stehst du auch auf meinen Schwanz?«, fragte Malik, der Chef der GANG. »Oder warum glotzt du mich an?«

Das Lachen dauerte an und er erhielt von seinen Komplizen Applaus für die Unverschämtheit. Malik war mit Matthes, Arthur, Dustin und Emre auf Opfersuche. Seine vier Untertanen tanzten nach seiner Pfeife und unterstützen ihn bei Beleidigungen und Respektlosigkeiten.

Die GANG hatte sich in der ganzen Schule einen Namen gemacht und wurde gefürchtet, seitdem ihre Mitglieder die achte Klasse besucht hatten. Diese Jungs waren die sogenannten »Störfälle«. Wenn sie zusammen waren, machten alle Schüler in den Fluren automatisch Platz. Ihre Körpersprache und ihre Staturen waren angsteinflößend, weil sie vor Selbstsicherheit trieften. Eine Aura von Aggressivität und Gnadenlosigkeit umgab sie, sodass alle normal denkenden Leute sie lieber mieden. Genau das war das Ziel der GANG. Alle sollten Angst vor ihnen haben und ihnen gehorchen.

»Ich warte hinter diesem Haus auf dich und dann kannst du MIR einen lutschen«, sagte Malik und zeigte auf das Gebäude, welches er dafür auserkoren hatte. Die GANG ging vorüber und Andy und Alex konnten aufatmen.

»Scheiße, was machen die denn hier?«, fragte Andy. »Was machen wir denn jetzt?«

Alex starrte auf sein zerlaufenes Eis und zuckte mit den Schultern. Die beiden mussten sich einen Plan überlegen, um sicher nach Hause zu kommen. Bislang war es bei Schubsereien und

Beleidigungen in der Schule geblieben, aber jetzt hatte die GANG sie auch noch privat erwischt. Hier waren keine Aufsichtspersonen und keiner, der ihnen zu Hilfe eilen konnte.

»Wir werden es schon bis nach Hause schaffen. Wir gehen einen kleinen Umweg, damit wir wenigstens bis zur Sebastian-Bach-Straße zusammen laufen können«, schlug Alex vor. »Dann haben wir immerhin nur noch zwei Straßen, die jeder allein laufen muss.«

Alex und Andy bezahlten und verließen die Eisdiele mit einem mulmigen Gefühl. Ständig schauten sie sich um. Ein Außenstehender hätte denken können, dass sie von Geistern verfolgt wurden. Mit jedem Schritt wurden sie sicherer, da sie kein Mitglied der GANG sahen oder hörten. Auch bis zur Ecke der Sebastian-Bach-Straße war weit und breit nichts zu sehen. Sie vereinbarten, dass sie sich jeweils eine Nachricht schrieben, sobald sie heil nach Hause gekommen waren.

»Viel Glück«, wünschten sie sich noch gegenseitig und verabschiedeten sich.


**Aufgabe 2:**

Wie stellst du dir Alex und Andy vor?

Zeichne sie auf der nächsten Doppelseite und nutze dabei die Informationen aus diesem Kapitel. Deine Zeichnung kannst du anschließend auf Instagram mit der Markierung @wahre-freundebuch posten.

# 03

Alex' Wecker klingelte um 6:30 Uhr. Mit einem Ruck stand er sofort auf und ging ins Bad, um sich zu waschen und anzuziehen. Alex war schon immer ein Frühaufsteher, dem diese frühen Uhrzeiten nichts ausmachten. Er hatte lieber viel vom Tag und muffelte morgens nie rum. Er schob sich in der Küche schnell ein Nutella-Brot in den Mund und begann, Butterbrote für seine kleine Schwester Mia zu schmieren. Alex griff seiner Mutter Conny gerne unter die Arme und für ihn war es eine Selbstverständlichkeit, dass auch er Aufgaben zu Hause übernahm – darunter gehörte eben auch das Brote-Schmieren für seine kleine Schwester.

Mia ging seit diesem Sommer auch auf die Geschwister-Scholl-Gesamtschule, in die 5a. Für sie war es kein Zuckerschlecken, da viele Mädchen und Jungen unterschiedlichen Alters zusammen den Schulhof nutzten – anders als in der Grundschule, wo alles viel behüteter ablief. Nun sah Mia Zehntklässler, die Jüngere beleidigten, in den Pausen rauchten oder Wände beschmierten.

Zum Glück hatte sie ihren großen Bruder da und konnte sich an ihn wenden, falls sie Hilfe benötigte. Das glaubte sie jedenfalls. In Wirklichkeit aber hätte Alex nichts gegen solche Schüler ausrichten können, da er kein Beschützer war und ebenfalls Angst vor denen hatte, deren Namen in der ganzen Schule bekannt waren. Aber für Mia reichte das Gefühl, dass der starke Bruder in die zehnte Klasse ging und sie vor allem

retten würde und Alex versuchte, diese Vorstellung aufrecht-
zuerhalten.

»Was gibt es heute Abend zum Essen?«, schmatzte Thorsten,
Alex' Vater, während er die letzten Stücke seines Käsebrotes
kaute.

»Ich dachte an Lasagne – sind alle damit einverstanden?«, antwortete Conny und sah bei allen Familienmitgliedern ein hef-
tiges Kopfnicken.

»Alles klar«, fuhr sie fort. »Ich gehe nach der Arbeit einkaufen,
aber jetzt müssen wir erst einmal dringend los, es ist schon
7 Uhr.«

Sie gab ihrem Mann einen Kuss und ging mit Alex und Mia
zum Auto. Thorsten verließ erst später das Einfamilienhaus,
weil die Bank, in der er Filialleiter war, erst um 9 Uhr öffnete.
An der Schule angekommen, verabschiedete Conny sich
nicht sofort von ihren Kindern, sondern ging mit ihnen hi-
nein. Obwohl der Unterricht erst um 7:50 Uhr begann, waren die drei schon um 7:15 Uhr da.

»Ich mag es nicht, so früh in der Schule zu sein. Meine
Freundinnen kommen viel später«, sagte Mia und verzog das
Gesicht.

Alex hatte sich mittlerweile schon daran gewöhnt, als Erster
da zu sein und nutzte die Zeit, um in seine Unterlagen zu
schauen, bevor der Unterrichtstag begann.

So war es nun einmal, wenn die Mutter eine Sekretärin der
Schule war. Es gab sowohl Vor- als auch Nachteile. Ein Vorteil
war definitiv, dass Mia und Alex nicht in überfüllten Bussen
fahren mussten, aber dass die Mutter alles von den Lehrern

erfahren konnte, war ein zweifellos ein Nachteil. Alex und Mia brauchten sich über petzende Lehrer jedoch keine Gedanken zu machen, da die beiden sowieso Musterschüler waren und noch nie in einem Konflikt mit irgendjemanden gestanden hatten.

Alex begleitete Mia zu ihrem Klassenraum – die Pinguinklasse – und trug dabei ihren schweren Rucksack, der alle möglichen Pferde auf pink-glitzerndem Untergrund zeigte.

»Bist du in der Pause bei den Tischtennisplatten?«, fragte ihn Mia.

»Warum?«

»Manchmal sind die älteren Schüler unfreundlich zu uns und Aylin haben sie schon einmal gedroht«, erklärte Mia.

Alex erinnerte sich, dass es auch beim ihm so war, als er noch in die fünfte und sechste Klasse ging. Das schien die Hierarchie der Schule gewesen zu sein – die Jüngeren mussten immer Angst vor den Älteren haben. Doch auch im Lauf der fünf Jahre hatte sich bei ihm daran nichts geändert. Seine Angst vor einem Teil der Schülerschaft blieb bestehen. So hatte er beobachtet, dass die damaligen Zehntklässler von neuen Gruppierungen abgelöst wurden, die ihrerseits für Verachtung und Pöbeleien zuständig waren. Wenn eine GANG ging, entstand die nächste. Irgendjemand musste das Schulleben bestimmen, das schien das Schicksal und die natürliche Eigenschaft von Schule zu sein, auch wenn Alex damit nicht zufrieden war. *Was nur veränderte sich zwischen Grundschule, in der noch alles seine liebevollen Abläufe und Freundschaften hatte, und dem Eintritt in eine weiterführende Schule? War es die*

*Pubertät, der Leistungsdruck, die verschiedenen Alter der Schülerschaft oder die strengeren Lehrer?* Alex konnte es sich nicht erklären, warum sich manche Schüler zu »Störfällen« entwickelten.

»Mach dir keine Sorgen«, tröstete Alex seine kleine Schwester. »Ich bin da.«

Er wusste aber ganz genau, dass er gegen diese Schüler nichts ausrichten konnte. Trotzdem wollte er Mia beiseitestehen.

»Viel Spaß im Unterricht und bis später«, verabschiedete sich Alex und überreichte ihr den Rucksack.

Gerade als er sich umdrehte, spürte er einen harten Stoß an seiner rechten Schulter.

»Pass doch auf, du Schwuchtel«, pöbelte ihn Arthur an, der in Begleitung von Matthes seine Runden in der Schule zog. Alex war sich sicher, dass Arthur ihn aus purer Absicht angestoßen hatte und es nicht sein Fehler war.

»Wie süß, dass er einen glitzernden Pferderucksack trägt«, fügte Matthes hinzu und beide Gesichter verzogen sich zu einem Schmunzeln.

Der Tag fing ja schon gut an. Alex konnte nicht einmal seine kleine Schwester zur Klasse begleiten, ohne dass er Angst vor der GANG haben musste. Er schaute auf den Boden und brachte ein leises »Entschuldigung« hervor, um Ärger aus dem Weg zu gehen.

Er verließ schnell die Situation, damit er nicht noch mehr Beleidigungen ertragen musste und wünschte sich, dass er genauso selbstbewusst und angsteinflößend wie die GANG durch die Schule laufen konnte und er vor nichts Angst haben musste – aber so ein Typ war Alex nicht. *Nur noch ein paar Wochen, dann ist es vorbei,* dachte er.

Doch vielleicht ist auch bald für ihn alles vorbei …

**Aufgabe 3:**

Stelle dir vor, wie die Schlussszene (Alex' Aufeinandertreffen mit Arthur und Matthes) verlaufen würde, wenn Alex selbstbewusst und mutig wäre.

Schreibe die Szene entsprechend um.

_____

_____

_____

_____

_____

_____

_____

_____

_____

_____

_____

# 04

Der Unterricht war für heute vorbei. Dienstags hatten alle Schüler der Geschwister-Scholl-Gesamtschule nur sechs Stunden. Alex und Mia saßen dennoch in der Eingangshalle und warteten auf ihre Mutter, damit sie zusammen nach Hause fahren konnten. Die Halle war mit verschiedenen Sitzmöglichkeiten ausgestattet – auf einer Seite befanden sich Sofas und Sessel, auf denen man in der Pause rumhängen konnte, auf der anderen Seite waren Tische und Stühle zu Gruppen arrangiert. Verschiedene Werke aus dem Kunstunterricht schmückten die Halle und zeigten Hasen, Eier und Küken zum Thema Ostern, die vor den Ferien entstanden waren und noch nicht abgenommen wurden. An der Decke über Alex und Mia hingen Zweige, an denen ausgeblasene Eier baumelten, die ebenfalls bemalt waren. Man konnte sagen, dass die Eingangshalle liebevoll und einladend wirkte und man gerne die unterschiedlichen Werke betrachtete.

Alex erkannte an den gemalten Osterhasen, dass es sich wohl um Kunstarbeiten von Fünft- oder Sechstklässlern handeln musste, da manche Gesichter krumm und schief aussahen. Die Nase eines Hasen war doppelt so groß wie das rechte Auge und das linke Auge war zehnmal kleiner als das rechte. *Es könnte aber auch ein kubistischer Hase sein,* dachte Alex und erinnerte sich an ein Thema aus der neunten Klasse, in der er den Kubismus von Pablo Picasso kennenlernte. Picasso malte damals auch Figuren, die gar nicht zusammenpassten. Er malte sie aber absichtlich so, dass Nasen scheinbar nicht zu Augen gehörten oder dass die Proportionen und die Anordnungen von einzelnen Körperteilen nicht harmonisch wirkten. Seine Absicht war, nicht alles naturgetreu abzumalen, sondern vielmehr ein Chaos zu erschaffen.

»Warum starrst du meinen Osterhasen so an?«, unterbrach ihn Mia.

Jetzt wusste Alex ganz genau, dass es keine kubistische Arbeit nach Picasso sein konnte.

»Den hast du gemalt? Der ist wirklich süß«, antwortete Alex und fügte hinzu: »Wie weit bist du mit den Hausaufgaben?«

Während Alex und Mia wie jeden Dienstag auf Conny warteten, um den vollen Bus zu vermeiden, nutzten sie die Zeit für die Hausaufgaben. Alex konnte Mia dabei behilflich sein und korrigierte die gelösten Aufgaben.

»Ich bin fast fertig. Schreibt man Wind mit d oder t am Ende?«

»Verlängere das Wort, indem du die Mehrzahl von Wind bildest.«

»Winde.«

»Jetzt kannst du herausfinden, ob man es mit d oder t schreibt.«

»Danke. Wind wird also mit d geschrieben«, schlussfolgerte Mia und schrieb weiter an ihrem Text.

Alex saß über seinen Hausaufgaben für Deutsch – ein Parallelgedicht zu »Opfer« schreiben. Er erkannte sich darin wieder und fühlte einzelne Verse des Verfassers mit. Das Parallelgedicht sollte die andere Seite widerspiegeln – das Gegenteil des

Originaltextes also. Alex kannte sich auf der anderen Seite, die Seite der Täter, nicht aus, er war noch nie in einer solchen Position und konnte sie schließlich nur erahnen. Er malte sich aus, dass es ein tolles Gefühl sein musste, wenn man nicht das Opfer war.

Diesen Vorstellungen hing er nach, bis er durch die Glasfront der Eingangshalle die GANG auf sich zukommen sah. Das Gedicht wurde in diesem Moment wahr – die Opfer und die Täter. Hausaufgaben und Realität trafen hier aufeinander.

*Nicht schon wieder,* dachte Alex und starrte auf Mias Aufgabe, um den Blickkontakt mit den Bandenmitgliedern zu vermeiden. Doch sie hatten ihn längst gewittert und betraten das Foyer.

Malik, der Anführer, begann die Konfrontation mit den Worten: »Alex wartet auf seine Mami, weil er sich nicht traut, mit dem Bus zu fahren.«

»Muttersöhnchen«, schmiss Dustin als Bemerkung hinzu.

»Mamas Liebling trägt sogar einen pinkfarbenen Pferderucksack«, erzählte Arthur und zeigte auf Mias Rucksack, den er heute morgen bei der ersten Begegnung mit Alex sah.

Die GANG lachte auf.

Mia fühlte sich immer unwohler und tat dasselbe wir ihr Bruder – schweigend wegschauen.

»Wenn du schon dabei bist, kannst du für uns die Hausaufgaben gleich mitmachen«, forderte Malik und schmiss ihm sein Heft hin. »Wir verlassen uns auf dich und holen uns die fertigen Aufgaben morgen ab. An deiner Stelle würde ich sie lieber machen.«

Die GANG drehte sich selbstzufrieden lächelnd um und verließ die Eingangshalle. Alex und Mia hörten noch Satzfetzen wie »Idiot«, »Muttersöhnchen« und »persönlicher Sklave«.

Mia schaute ihren Bruder fragend an. Sie versuchte die erlebte Situation zu verstehen.

»Das ist nur ein Scherz von denen«, erklärte Alex. »Das machen die immer so.«

Er versuchte das Aufeinandertreffen herunterzuspielen, damit Mia keinen schlechten Eindruck von ihm bekam. Er wollte doch weiterhin ihr Beschützer im Geiste sein. An Mias Blick konnte er aber erkennen, dass sie daran zweifelte und skeptisch war.

»Ich mache die Hausaufgaben natürlich nicht für die Pappnasen«, fügte Alex hinzu, um Mias Gesicht von der Skepsis zu befreien. Er machte die Aufgaben wirklich nicht. Einen Tag später wünschte er sich, dass er es doch getan hätte.

**Aufgabe 4:**

Im Deutschunterricht von Alex geht es um Lyrik. Seine Hausaufgaben bestehen darin, ein Parallelgedicht zum Text »Opfer« zu schreiben. Verfasse solch ein Gedicht.

**Erklärung:**

Ein Parallelgedicht ist ein lyrischer Text, der sich auf ein Originalgedicht bezieht. Die Anzahl der Verse und Strophen bleiben in diesem Fall gleich. Meistens verändert sich der Inhalt. Zum Beispiel:

Originalgedicht:

**Titel: Der Sommer**

Die Bienen summen durch die Luft,
eine Brise frischer Blumenduft.
Kinder in Badehosen,
sonnige Wetterprognosen.
…

Originalgedicht:

**Titel: Opfer**

Da ist er schon wieder.

Komm, wir schlagen ihn nieder!

Immer härter der Schlag,

wie fast an jedem Schultag.


Ständige Angst vor Überfällen,

und wiederkehrenden Faustbällen.

Beschimpfungen immerzu,

als Opfer kommt man nie zu Ruh'.


Wann hört das endlich auf?

| Parallelgedicht: |
| --- |

**Titel: Der Winter**

Schneeflocken tänzeln durch die Luft,
eine Brise Spekulatiusduft.
Kinder in Skihosen,
schneebeladene Wetterprognosen.
...

| Parallelgedicht: |
| --- |

**Titel: Täter**

# 05

»Pass gut auf!«, sagte Alex zu Mia und überreichte ihr den Rucksack. Er begleitete sie wie jeden Morgen zur Pinguin-Klasse.

»Du auch«, antwortete sie. Sie meinte damit aber nicht, dass er im Unterricht achtsam sein sollte, sondern sich vielmehr vor den Schülern, die am Tag zuvor zu ihnen an den Tisch gekommen waren, in Acht nehmen sollte. Mia kannte die fünf unheimlich wirkenden Schüler vom Sehen und Hören. *Man sollte ihnen immer aus dem Weg gehen,* hatten ihr Freunde aus dem fünften Jahrgang geraten. *Man kann ihnen aber nicht aus dem Weg gehen, wenn sie auf einen zukommen,* dachte sich Mia und erinnerte sich an das gestrige Erlebnis in der Eingangshalle. Mia und Alex hatten gar nicht die Möglichkeit, einen anderen Weg einzuschlagen und waren der Konfrontation ausgeliefert. Die einzige Möglicheit bestand lediglich darin, sich in Luft aufzulösen, um die Situation zu vermeiden.

Alex schlenderte über den Flur zu seinem Klassenraum. Er hatte jetzt Deutsch und erinnerte sich an die Hausaufgaben. *Ständige Angst vor Überfällen,* lautete ein Vers des Gedichtes, an welchen Alex sich in diesem Moment erinnerte, bevor er IHN sah.

Malik.

Wie ein Türsteher wartete er vor dem Klassenraum.

Auf Alex!

Sein Herz fing an zu rasen.

Nervös fummelte er mit den Händen an seinem T-Shirt herum. *Am besten ist es wohl, wenn ich einfach umdrehe*, dachte Alex.

Zu spät.

Malik hatte ihn bereits gesehen und begann zu schmunzeln.

»Du hast etwas für mich, stimmt's?«, begann er das Gespräch.

Alex wusste darauf nichts zu antworten. *Wie soll ich reagieren?* Verschiedene Ausreden schwirrten durch seinen Kopf: *Ich habe sie auf dem Küchentisch zu Hause vergessen, mein nichtexistierender Hund hat sie gefressen und ein Glas Cola ist darüber gelaufen, sodass ich sie wegschmeißen musste.* Die Wahrheit war aber folgende: Er wollte kein Sklave der GANG werden und sich in Zukunft nicht mehr alles gefallen lassen, und so hatte er die Aufgaben für Malik und seine Freunde absichtlich nicht gemacht.

»Ich habe sie zu Hause vergessen«, kam es aus Alex' Mund heraus, obwohl sein Herz sagte, dass er nicht feige sein sollte.

»Du hast sie zu Hause vergessen?«

»Ja.«

»Du wirst schon sehen, was deine Vergesslichkeit anstellen kann«, drohte Malik und machte sich davon. Er drehte sich beim Durchqueren des Flurs noch einmal um, um Alex einen bösen Blick zuzuwerfen, der »Ich-hab-dich-im-Auge« signalisieren sollte.

Wie angewurzelt blieb Alex stehen. Ankommende Schüler schauten ihn im Vorbeigehen an und wunderten sich.

»Hast du einen Geist gesehen?«, riss ihn Andy aus seinen Gedanken. »Hallo? Erde an Alex. Hörst du mich?«

Alex' starrer Blick löste sich und er begann zu zwinkern.

»Ich bin nur noch ein bisschen müde, das ist alles.«

Die Lüge blieb im Raum stehen und die beiden schlenderten in ihren Klassenraum.

Der Unterricht begann und alles nahm seinen üblichen Lauf. Das Einzige, was an diesem Tag anders war, war das mulmige Gefühl in Alex' Bauch, das ihm bewusst machte, dass er nun auf der Liste der GANG stand. Er fühlte sich in den Pausen beobachtet. Hin und wieder bekam er auf dem Schulhof Blicke der Bandenmitglieder mit, die ihm galten. Sein Magen grummelte. Heute bekam er sein Pausenbrot bestimmt nicht runter.

*Gleich werden sie kommen,* dachte er immer wieder.

Das Gegenteil trat ein. Den ganzen Schultag über sagte die GANG kein Wort mehr. Zum Ende der neunten Stunde hatte Alex das Gefühl, dass zuvor gar nichts geschehen war und das mulmige Gefühl war ebenfalls wie weggeflogen. Die Schulglocke läutete – neun Stunden in Angst waren endlich vorbei. Ein Stein fiel von Alex' Brust und er konnte aufatmen. Auf dem Weg nach Hause – heute musste er ausnahmsweise mit dem Bus fahren – holte er tief Luft. Es war schön, so frei atmen zu können. Ein wohliges Gefühl machte sich in seinem Körper breit, denn er hatte der GANG tatsächlich getrotzt. Er hätte selbst nicht von sich gedacht, dass er in der Lage wäre, so stark zu sein. Und es fühlte sich gut an. Es fühlte sich gut an, dass er nicht als Fußabtreter benutzt wurde. Es fühlte sich gut an, dass er nicht eingeschüchtert war. Es fühlte sich gut an, dass er sich nicht alles gefallen ließ. Diese Gedanken zauberten ein Lachen auf seine Lippen. Es war ein toller Tag, obwohl er so grauenvoll begonnen hatte.

Doch dieses Gefühl und all die Pläne für den Nachmittag wurden mit einem Schlag zunichtegemacht.

»Da ist der Penner«, hörte er Maliks Stimme. Wie in Zeitlupe sah er die komplette GANG auf sich zukommen. Alles gefror in Alex. Seine Gedanken waren wie betäubt. Reglos blieb er stehen.

»Wir haben uns auf dich verlassen, Arschloch«, führte Matthes fort.

»Wegen dir haben wir heute eine Sechs bekommen.«

»Hurensohn!«

»Du hast unsere Aufgaben also zuhause vergessen? Dann wirst du jetzt etwas fühlen müssen, damit du in Zukunft immer daran erinnert wirst«, drohte Malik.

»Es tut mir leid. Das wird nicht wieder vorkommen«, brachte Alex stotternd heraus und versuchte so der Situation zu entkommen. Kein Mensch war weit und breit zu sehen, keiner hätte seine Rufe hören können. Und selbst wenn doch, wäre ihm angesichts der fünf Mitglieder der GANG niemand zu Hilfe geeilt.

»Damit es nicht mehr vorkommt, verpassen wir dir ein paar Erinnerungen«, sagte Dustin. »Die helfen dir jedes Mal, wenn du in den Spiegel schaust.«

Dustin begann mit einem Schubsen von vorne. Matthes stieß Alex von hinten zurück. Er wurde zum Spielball der GANG. Bald schon fühlte Alex Schmerzen im Gesicht. Malik hatte ihm eine Faust verpasst, während die anderen ihn festhielten.

Das diente dazu, dass er nicht sofort umkippte und die GANG noch länger Spaß mit ihm hatte, ohne dass er zusammenbrach. Er wäre sowieso nicht weggelaufen.

Mit den Worten »Jetzt siehst du, was deine Vergesslichkeit mit dir anstellt« beendete Malik die Schläge gegen Alex' Kopf und Bauch. Er fühlte aber gar keine Veränderung, die Schmerzen blieben dieselben.

Fünf Minuten Schläge, Schubsen und Schimpfwörter zerstörten seinen vorherigen Eindruck von Überlegenheit und drehten die Situation um 180 Grad. Das warme Gefühl war ausgelöscht. Jetzt war er der Fußabtreter der »Störfälle«, jetzt hatten sie ihn im Visier und nichts würde mehr so sein wie zuvor.


**Aufgabe 5:**

Was denkt Alex auf dem Weg nach Hause?

Schreibe einen inneren Monolog aus der Ich-Perspektive, in dem du seine Gefühle und Gedanken darstellst.

_____

_____

_____

_____

_____

_____

# 06

Alex schloss die Tür auf. *Gott sei Dank ist noch niemand da,* dachte er und wagte einen Blick in den Spiegel im Flur. Sein Gesicht war rot und angeschwollen. Es schmerzte höllisch. Besonders sein rechtes Auge war zerdötscht. Bald würde die Farbe von Rot zu Blau wechseln und er in Erklärungsnot kommen. Alex schmiss den Rucksack in die Ecke und ging in die Küche. Aus dem Gefrierfach holte er sich einen Beutel gefrorene Erbsen und legte ihn quer auf sein Gesicht, um die Schwellungen zu verhindern. Es war ein angenehm kühles Gefühl und linderte seine Schmerzen. So etwas hatte er zuvor noch nie gespürt, er hatte ja auch noch nie Prügel kassiert.

*So fühlt es sich also an, ein Opfer zu sein,* dachte er. Das Gedicht passte! Die einzigen Schmerzen, die Alex kannte, waren ein Armbruch, mehrere Verstauchungen, kleinere Prellungen oder fieser Muskelkater. Die hatte er allerdings nicht so schlimm in Erinnerung wie das jetzige Pochen in seinem Gesicht.

Alex hörte den Schlüssel im Schloss und die Stimmen seiner Mutter und seiner Schwester. *Wäre ich doch lieber mit ihnen einkaufen gegangen, dann hätte ich jetzt kein verunstaltetes Auge,* dachte er.

»Was machst du denn da?«, fragte Conny und sah Alex mit dem Beutel Erbsen auf dem Gesicht. Als er ihn abnahm, sah Conny sofort, was er damit bezweckte.

»Was ist passiert? Wie siehst du aus!«

Das Beste, was ihm in den Moment einfiel, war: »Ich habe den Basketball im Sportunterricht auf das Auge bekommen.« Für Conny schien die Begründung logisch. Alex war schon immer unsportlich. Seine sportlichen Aktivitäten fanden überwiegend im Kopf statt und betrafen nicht die körperlichen Anstrengungen. Er hatte noch nie sonderliches Interesse an Sport gezeigt und auch die elterlichen Versuche, ihn in der Grundschule bei einer Fußballmannschaft anzumelden, waren erfolglos geblieben. Conny musste beobachten, wie er sich stets zwingen musste, dorthin zu gehen, sodass sie ihn nach drei Monaten wieder abmeldete. Mannschaftssport war für einen Einzelgänger nichts. Alex hatte viel mehr Freude daran, sich mit Andy auf den nächsten Mittelaltermarkt vorzubereiten oder Videos zu wissenschaftlichen Experimenten auf YouTube anzuschauen.

»Das wird bestimmt ein blaues Auge«, stellte Mia fest.

Von außen konnte man die Schwellungen im Gesicht sehen, doch die Schmerzen im Inneren blieben Conny und Mia verborgen. Alex fühlte sich erniedrigt und klein. Er hatte vor, das Ende des Schuljahres noch zu erleben und so verließ er die Küche und verschwand in seinem Zimmer.

Er machte die Hausaufgaben für die GANG, damit er möglichem Ärger am nächsten Tag aus dem Weg ginge.

Sein Leben würde sich von nun an ändern. Er setzte sich an seinen Schreibtisch und machte die Aufgaben – nicht für sich, sondern für Malik und seine Unterdrückerfreunde. Er fühlte sich erniedrigt und dreckig und ging duschen, bevor er sich mit dem Beutel Erbsen ins Bett legte.

**Aufgabe 6:**

Stelle dir vor, du möchtest Alex davon abhalten, die Hausaufgaben für Malik und seine Freunde anzufertigen.
Formuliere Einwände, die gegen das Verfassen der Aufgaben sprechen.

_____

_____

_____

_____

_____

_____

_____

_____

_____

_____

_____

_____

_____

_____

_____

_____

»Wenn man seine Ruhe nicht in sich findet, ist es zwecklos, sie andernorts zu suchen.«

*François de La Rochefoucauld*

# 07

Alex fühlte Augenpaare auf sich gerichtet. Fremde Blicke durchstachen seinen Rücken. Er drehte sich einmal im Kreis, um die möglichen Verfolger zu identifizieren.

Nichts.

Er fühlte sich dennoch beobachtet. Jeder seiner Schritte wurde verfolgt.

»Hey, bleib sofort stehen!«, hörte er plötzlich hinter sich jemanden rufen.

Unsicher, was er nun tun sollte, blieb er angewurzelt stehen. Seine Schmerzen an den Rippen und im Gesicht machten sich bemerkbar und erinnerten ihn an die gestrige Situation, die er nicht noch einmal erleben wollte. Nicht mehr in seiner Schulzeit, nicht mehr in seinem ganzen Leben. Er bemerkte eine Hand auf seiner Schulter, die ihn ruckartig umdrehte. Ein kalter Schauer lief ihm über den Körper.

»Ich rufe die ganze Zeit nach dir. Bist du taub?«, fragte Andy. Doch das interessierte ihn nicht mehr, als er Alex' Gesicht sah. Sein Mund blieb offenstehen.

»Was ist denn mit dir passiert?«

»Halb so schlimm. Meine Mutter hat die Tür eines Küchenschrankes aufgelassen und ich bin volle Kanone dagegen gelaufen«, erklärte Alex. »Eigentlich total lustig.«

»Du bist also nicht nur taub, sondern auch blind in letzter Zeit.«

»Ich hoffe, dass diese Zeit bald vorbei ist.«

Alex fühlte sich schlecht, dass er sowohl seine Familie als auch seinen besten Freund anlog. Er wunderte sich ebenfalls darüber, dass sie ihm die Lügen so leicht abnahmen und noch nicht einmal Nachfragen stellten. Die erfundenen Geschichten schienen glaubhaft zu sein.

»Ich muss noch einmal schnell zur Toilette, bevor die Stunde anfängt«, sagte Alex und ließ Andy auf dem Flur warten.

»Soll ich lieber mitkommen und aufpassen, dass dir nichts passiert?«, scherzte Andy.

»Ich komme schon klar.«

Und da standen sie schon – Malik, Matthes, Arthur, Dustin und Emre. Die fünf schlimmsten Jungs aus der Abschlussklasse. Sie warteten auf ihn.

»Das blaue Auge steht dir«, fing Malik an.

»Ist das ein neuer Lidschatten?«

»So kannst du aber kein Model werden.«

Die Sätze machten Alex in dem Moment gar nichts mehr aus. Er hatte ja nun den Unterschied zwischen Worten und Taten erlebt. Auch wenn die verbalen Aussagen seelisch schmerzten, waren die körperlichen Leiden zu diesem Zeitpunkt höher.

»Anscheinend bekommt er nicht genug von uns«, witzelte Arthur weiter und ballte seine Hand zu einer Faust. Während die GANG sich darüber amüsierte, knallte er die Faust immer wieder in seine andere Handfläche.

»Es sähe doch viel schöner aus, wenn beide Augen blau wären. Wie eine Art Pandabär.«

Ohne einen Ton zu sagen, schnallte Alex seinen Rucksack ab und öffnete ihn vor sich auf dem Boden. Die anderen wunderten sich über seine Reaktion und schauten sich gegenseitig an. Sie warteten und ließen ihn machen. Alex kramte in seinen Bergen an Materialien, bis er schließlich fünf Zettel aus einem Umschlag herauszog. Er blätterte die Papiere durch und gab jedem Bandenmitglied sein persönliches. Malik, Matthes, Arthur, Dustin und Emre begutachteten ihre Blätter. Alex wartete die Reaktionen ab. Er fühlte sich wie ein Dealer, der in einer dunklen Ecke Stoff übergab. In gewisser Art und Weise war es Stoff – Schulstoff.

»Wie ich sehe, hast du an uns gedacht, als du gestern nach Hause gekommen bist«, unterbrach Dustin die Stille auf dem Jungenklo.

»Warum denn nicht gleich so?«

»Geht doch!«

Alex war erleichtert. Er schloss seinen Rucksack und warf ihn zurück auf seinen Rücken. Das einzige Wort, welches er in dieser Situation sagen konnte, war »Tschüss«, während er den Toilettenraum verließ.

Alex befand sich zwischen zwei Welten. Das wurde ihm bewusst, als er die Tür aufdrückte und Andy auf dem Flur sah. Andy stand für Geborgenheit. Bei seinem besten Freund, der seit Jahren mit ihm durch dick und dünn ging, fühlte er sich wohl.

Die andere Welt hingegen war ein dunkler Ort, an den kein Schüler gerne ging. Genauso ist die GANG. Die Schüler hatten Angst vor diesen düsteren Typen und mieden sie so gut sie es konnten. Auch Alex hätte sie weiterhin lieber gemieden. Doch diese Hausaufgaben öffneten ebenfalls eine andere Tür in ein neues Leben, dessen Schattenseiten sich Alex aber noch nicht bewusstmachen konnte.


**Aufgabe 7:**
Stelle dir vor, folgende Fragen werden Alex gestellt. Wie würde er darauf antworten?
Beantworte die Fragen aus seiner Sicht.

Frage 1: Warum hast du die Hausaufgaben für die GANG gemacht?

_____

_____

_____

_____

_____

_____

_____

_____

_____

_____

_____

Frage 2: Warum hast du deinen besten Freund Andy und deine Familie angelogen?

_____

_____

_____

_____

_____

_____

_____

_____

Frage 3: Wie hast du dich gefühlt, als du der GANG die Hausaufgaben gegeben hast?

_____

_____

_____

_____

_____

_____

Frage 4: Wie fühlst du dich nun generell in der Schule?

_____

_____

_____

_____

_____

_____

_____

_____

_____

_____

_____

_____

_____

_____

_____

_____

_____

_____

# 08

Alex lag auf seinem Bett und ließ den Schultag Revue passieren. Er war wie immer verlaufen. Dass er Hausaufgaben für die GANG machte und ihr übergab, zählte Alex nicht dazu. Die Unterrichtsstunden vergingen wie im Flug und alle glaubten seine Geschichte mit dem blauen Auge. Er war eben nicht der Typ, der sich mit den falschen Leuten anlegte oder sich in eine Schlägerei verwickeln ließ, sodass die offene Küchenschranktür denjenigen, die nach seiner Verletzung fragten, einleuchtend erschien. Manche schmunzelten sogar darüber, weil sie es als tollpatschig empfanden. *Wenn sie die wahre Geschichte kennen würden, würden sie nicht darüber lachen,* hatte Alex dann gedacht. Doch er spielte alles herunter und schmückte seine Geschichte im Laufe des Tages immer weiter aus, sodass sie schon fast ein Comedy-Sketch wurde. Ab und zu glaubte er sich sogar selbst und vergaß den Ursprung des blauen Auges. Es ließ ihn für Momente vergessen, dass seine Rippen schmerzten und in welcher Situation er sich von nun an befand.

Sein Handy bimmelte. Eine Nachricht einer unbekannten Nummer erschien auf dem Display.

> Hey Alex.
> Du hast uns mit den Hausaufgaben den Arsch gerettet.
> Bis morgen.
> Malik.

Alex musste den kurzen Text immer wieder lesen, um zu begreifen, was er aussagte. Einerseits fühlte er sich eingeschüchtert und ängstlich, weil die GANG seine Handynummer herausgefunden hatte und er sich nun auf neue Unterdrückung und Sklaverei gefasst machen musste. Andererseits freute er sich über die versteckte Anerkennung. Er hatte Malik und den anderen helfen können. Er, der Streber der zehnten Klasse, der einen einzigen wahren Freund hatte, konnte tatsächlich den »Störfällen« behilflich sein.

Alex war nun auf dem Radar der GANG. Das konnte sowohl gut als auch schlecht sein. In dem Moment sortierte er es eher als positiv ein. Sein zweites Auge wurde heute nicht blau geschlagen und er erhielt sogar eine lobende Nachricht. Besser hätte es in der Situation, in der er sich seit ein paar Tagen befand, nicht sein können.

*Eigentlich müsste ich das nur bis zu den Sommerferien weiter durchziehen, damit ich Ärger aus dem Weg gehe,* dachte Alex und schwang sich von seinem Bett. Er kramte nach seinen Schulunterlagen und begann mit den Aufgaben für den nächsten Tag, die wieder nicht für ihn bestimmt waren. In Maliks Nachricht stand nicht geschrieben, dass er erneut die Aufgaben zu erledigen hatte, aber trotzdem machte Alex sie an diesem Nachmittag. Freiwillig. Vielleicht brachte ihm das eine weitere anerkennende Nachricht ein und sein Leben verliefe bis zum Schulabschluss weiter in Frieden.

Dass diese vermeintlich positive Nachricht aber Teil eines Planes der Jungs war, konnte er nicht ahnen, während er die Texte für Malik und dessen Freunde in den Computer tippte.

**Aufgabe 8:**

Schreibe aus Alex' Sicht eine Antwort an Malik.

# 09

Mit einem sicheren Gefühl verließ Alex an diesem Morgen das Haus. Obwohl er mittwochs erst zur zweiten Stunde Unterricht hatte, fuhr er dennoch mit seiner Mutter und Schwester um 7 Uhr los. Die ängstliche Stimmung, die er seit dem Aufeinandertreffen mit der GANG an der Eisdiele spürte, hatte sich verflüchtigt. Die Furcht, die wie eine riesige Gewitterwolke vor der Sonne stand, war vorbeigezogen und einzelne Sonnenstrahlen zeigten sich wieder.

»Bis heute Nachmittag«, verabschiedete sich Conny von ihren Kindern in der Schule.

Alex und Mia machten sich auf den Weg zur Pinguin-Klasse. Alles verlief wie immer. Sie schlenderten über den noch schülerfreien Flur und erzählten sich ihre Pläne für den bevorstehenden Tag, als Mia sagte: »Schau mal, da stehen die komischen Typen wieder!« Sie reckte ihren kleinen Zeigefinger nach vorne. Alex merkte, dass sie nervös wurde und ängstlich an ihm hochschaute. Vor ein paar Tagen hätte er sich umgedreht und den anderen Flur genutzt, um so der GANG aus dem Weg zu gehen. Jetzt aber ging er geradewegs auf sie zu. Auch Malik und seine Freunde bemerkten ihn und kamen ihm entgegen.

»Guten Morgen, Alex. Schön, dich zu sehen«, begrüßte ihn der Anführer. Mia schaute unsicher zwischen den Jungs hin und her. Sie erinnerte sich an die Situation im Eingangsbereich und an die Reaktion ihres Bruders, die gar nicht zu seinem jetzigen Verhalten passte. Auch Alex spürte, dass seine Schwester verkrampfte, doch das war eine gute Gelegenheit, ihr zu zeigen, dass er kein Idiot oder Muttersöhnchen war – so wie die GANG es noch vor ein paar Tagen in ihrem Beisein gesagt hatten. Jetzt brauchte er nicht mehr so zu tun, als ob er der Beschützer wäre, sondern war aus seiner Sicht ein kleiner Teil der angsteinflößenden Truppe.

»Mia, geh du allein in die Klasse!«, befahl er seiner Schwester und übergab ihr den Rucksack. Mia nahm die Tasche zögernd an. Sie schaute mehrmals nach hinten und fragte sich, ob alles in Ordnung war.

»Hallo. Ich habe etwas für euch«, sagte Alex.

»Das ist schön zu hören. Was ist es?«

»Die Aufgaben für die heutige Stunde – müssten alle sein.«

»Auf dich ist Verlass, klasse!«

Alex fühlte sich geschmeichelt. Er bemerkte nicht die Erpressung, die hinter den gemachten Hausaufgaben steckte, sondern nur die lobenden Worte und die Tatsache, dass er von der GANG wahrgenommen wurde – in einer positiven Art und Weise sogar. Malik und seine Freunde klatschten Alex nacheinander ab und gingen den Flur hinunter.

Außerhalb Alex' Hörweite sagte Malik: »Da haben wir ja den passenden Deppen gefunden.«

Arthur und die anderen Bandenmitglieder lachten und machten sich weiter über Alex lustig.

»Wie kann man nur so blöd sein?«

»Wie kann man Hausaufgaben freiwillig machen?«

»Wie kann man einen pinken Pferderucksack tragen?«

Auf dem Weg zum Unterricht machte sich die GANG weiter über Alex lustig. Sie hatte ihre Position in der Schule genutzt, um ein neues Opfer zu suchen, genauso wie in dem Gedicht der letzten Deutschstunden.

»Vielleicht kann die Schwuchtel mit den Hausaufgaben ja noch unseren Schulabschluss retten«, bemerkte Emre.

»Scheiß auf den Schulabschluss, ich habe eine ganz andere Idee«, antwortete Malik. »Dieser Alex könnte uns viel nützlicher sein, als wir denken.«

Während die GANG die Pläne besprach, saß Alex ahnungslos im Unterricht. Er dachte an die gestrige Nachricht und das heutige Aufeinandertreffen und verträumte den Unterricht. Er konnte es noch nicht glauben, dass sich das Blatt innerhalb von drei Tagen gewendet hatte und die GANG ihn nun schätzte. Er fummelte sein Handy aus der Jackentasche hervor und las noch einmal Maliks Nachricht. Die geschriebenen Worte wärmten seine Seele.

Eine Tischreihe hinter ihm beobachtete Andy sein Verhalten. Ihm kam alles merkwürdig vor. Alex war total geistesabwesend und nicht bei der Sache – so kannte ihn Andy gar nicht. *Irgendetwas ist anders,* dachte Andy und behielt seinen Freund weiterhin im Auge.

**Aufgabe 9:**

Stelle dir vor, du bist Andy. Schreibe Alex einen Brief, in dem du mehr über seine Verhaltensveränderung wissen möchtest. Benutze dabei folgenden Satzanfang:

Lieber Alex, ich bemerke seit den letzten Tagen, dass
etwas an dir anders ist …

_____

_____

_____

_____

_____

_____

_____

_____

_____

_____

_____

_____

_____

_____

_____

_____

»Wer sich selbst treu bleiben will, kann nicht immer anderen treu bleiben.«

*Christian Morgenstern*

# 10

Alex las Andys Brief das fünfte Mal. *Lächerlich! Ich habe mich doch nicht verändert,* dachte er. Er knüllte ihn zusammen und feuerte ihn in den Papierkorb seines Zimmers. Er fühlte sich viel besser, und wenn er sich verändert hatte, dann zum Positiven. Jetzt brauchte er nicht mehr ängstlich zur Schule gehen und hinter jeder Ecke Panik haben, dass ein Bandenmitglied auftauchte, um ihn anzupöbeln. Vielmehr rettete er der GANG den Arsch, so wie es Malik in der Nachricht geschrieben hatte.

Es klopfte an seiner Tür.

»Schätzchen, kannst du schnell zum Supermarkt flitzen und Nudeln besorgen?«, fragte ihn Conny. »Ich habe sie beim Einkaufen vergessen und wir brauchen sie jetzt gleich zum Abendessen.«

»Klar«, antwortete Alex und ging schnurstracks zur Garderobe, um sich Schuhe und Jacke anzuziehen.

Auf dem Weg dorthin konnte er an nichts anderes mehr denken als an Malik und seine Freunde. Seine Gedanken, die sich sonst um Noten und Freizeit mit Andy drehten, waren nun von der GANG überlagert. Alex hatte in den letzten Tagen seinen besten Freund und seinen Fleiß in der Schule vergessen, zu ereignisreich waren die Stunden mit denen, die er bis dahin als »Störfälle« bezeichnete.

Plötzlich sah er von weitem eine Gruppe Jungs aus dem Supermarkt rennen. Sie lachten und erfreuten sich an irgendetwas. Sie waren laut und schauten immer wieder nach hinten, als ob ihnen jemand auf den Fersen war. Alex bewegte sich auf den Supermarkt zu, die Jungs davon weg. Ihre Wege kreuzten sich und Alex erkannte die Läufer – es waren Malik, Matthes, Arthur, Dustin und Emre.

»Hey, Alex«, riefen sie ihm zu.

Zeit für eine Antwort blieb nicht, da sie wie Torpedos an ihm vorbeirasten. Jetzt sah Alex auch, dass die GANG vor einem älteren Mann weglief, der ein Hemd mit einem eingestickten Logo des Supermarktes trug und wohl der Marktleiter war. Er konnte die Jungs nicht einholen und brüllte ihnen nach, dass sie stehen bleiben sollten, aber er hatte keine Chance. Der Mann kehrte um. Auch Alex ging weiter, denn von den Jungs war nichts mehr zu sehen. Er besorgte die Nudeln. Als er an der Kasse stand, sah er zwei Polizisten eintreten, die sich nach dem Filialleiter erkundigten. Alex beobachtete die Situation von der Kassenschlange aus und zählte Eins und Eins zusammen – die GANG hatte anscheinend einen Ladendiebstahl begangen und war deshalb so schnell weggerannt.

»Das macht 1,98 Euro«, hörte Alex in weiter Ferne. »Hallo! 1,98 Euro, bitte!«

Alex realisierte, dass er gemeint war und überreichte der Kassiererin das Zwei-Euro-Stück. Er schnappte sich die Nudeln und schlich Richtung Ausgang. Er musste an den Polizisten vorbei, um den Laden zu verlassen. Sein Herz fing an schneller zu schlagen. Jeder kennt das Gefühl, das man komischerweise auf sein Verhalten genau achtet, sobald Polizisten zu sehen sind. Obwohl man nichts Schlimmes tut, will man sich besonders unauffällig verhalten. So auch Alex. Abwechselnd schaute er vom Boden hoch zu den Polizisten, während er den Supermarkt verlassen wollte. Er bekam Gesprächsfetzen wie »Anzeige«, »Aussehen« und »Schaden« mit und seine Vermutung bestätigte sich.

»Dieser Junge scheint die Bande zu kennen«, sagte der Filialleiter und zeigte auf Alex. Dessen Herz rutschte ihm in die Hose. Seine Hände begannen feucht zu werden. Er war aufgeregt, doch genau das wollte er doch überspielen.

»Wie ist dein Name?«, fragte einer der beiden Polizisten.

»Alexander Richter.«

»Hast du die Jungs, die vor ein paar Minuten den Laden verließen, gesehen?«

»Ja, aber nur kurz.«

»Kennst du sie?«

»Nein, ich denke nicht.«

»Kennst du sie jetzt oder nicht?«

»Nein, aber es ging auch ziemlich schnell.«

»Würdest du sie identifizieren können?«

»Nein. Es ging alles viel zu schnell«, wiederholte Alex.

Die Befragung war beendet. Alex musste noch seine Personalien nennen und durfte dann den Supermarkt verlassen. Falls ihm noch Informationen einfallen sollten, gab der Polizist ihm sein Visitenkärtchen mit, das Alex wortlos in seiner Hosentasche verstaute. Er brauchte ein paar Schritte, bis er sich wieder gefangen hatte. Nach und nach realisierte er, dass er gerade die Polizei angelogen hatte. *Ich habe eine Straftat begangen, weil ich der GANG bei einem Ladendiebstahl geholfen habe,* dachte Alex. Er befand sich in einem Gefühlswirrwarr mit einem Herz, das Achterbahn fuhr. Auf der einen Seite fühlte er sich elend, da er die Polizisten belogen hatte und somit das Gesetz in den Allerwertesten trat. Auf der anderen Seite konnte er aber diejenigen schützen, die ihm mittlerweile wichtig waren und von denen er gerade ein klitzekleiner Teil geworden war. In dieser Situation hätte er sich gar nicht richtig entscheiden können, denn beide Varianten wären seiner Meinung nach falsch gewesen.

Ein paar Straßen vom Supermarkt entfernt sprang Malik, gefolgt von den anderen vier Jungs, aus einer kleinen Gasse hervor. Anscheinend hatten sie extra auf Alex gewartet.

»Wir haben gesehen, dass du mit der Polizei geredet hast. Was hast du gesagt?«

»Sie haben mich gefragt, ob ich euch kenne.«

»Und was hast du gesagt?«

»Ich habe es verneint.«

Die Freunde schauten sich gegenseitig skeptisch an.

»Wir wussten ja gar nicht, wie cool du bist«, sagte Malik schließlich und klopfte Alex auf die Schulter. »Komm, setz dich zu uns!«

Das Angebot konnte Alex nicht ablehnen und sie gingen in die kleine Gasse, aus der sie herausgekommen waren. Ganz hinten befanden sich riesige Steine, die die Jungs als Sitzmöglichkeit nutzten.

Die Zeit verstrich. Alex und die GANG redeten über alles Mögliche. Er fühlte sich irgendwie anders – größer und mächtiger. Er beeindruckte Malik und die anderen, indem er erneut erzählte, dass er sie gedeckt hatte, indem er die Polizei anlog. Die Gespräche wurden immer lockerer und auch Alex fühlte sich von Minute zu Minute gelassener.

»Lass uns mal mehr Zeit miteinander verbringen«, schlug Arthur vor.

»Klar, warum nicht«, willigte Alex ein und freute sich über den Vorschlag.

Im Nachhinein hätte er sich gewünscht, dass es dazu lieber nicht gekommen wäre.

**Aufgabe 10:**

Am Abend stößt Alex auf das Gedicht »Zwischen zwei Welten« von Nevfel Cumart und bezieht es auf seine derzeitige Situation.

Kommentiere das Gedicht aus Alex' Sicht. Benutze den Satzanfang auf der nächsten Doppelseite.

### Zwei Welten
*von Nevfel Cumart*

Zwischen
zwei
welten
inmitten
unendlicher
einsamkeit
möchte
ich eine brücke sein

doch kann ich
kaum fuß fassen
an dem einen ufer
vom anderen
löse ich mich
immer mehr

die brücke bricht
droht mich
zu zerreißen
in der mitte

**Kommentar aus Alex' Sicht:**

Das Gedicht hat viele Gemeinsamkeiten mit meiner derzeitigen Situation, weil …

_____

_____

_____

_____

_____

_____

_____

_____

_____

_____

_____

_____

_____

_____

_____

_____

# II

Die Schultage flogen dahin und bald würden die Abschlussprüfungen anstehen. Alex hatte seinen Kopf jedoch woanders.
Er fühlte sich wie ein kleiner Star, wenn er die Schule betrat
und seine neuen Freunde Malik, Arthur, Dustin, Emre und
Matthes mit dem Ritual des Handschlages begrüßte. In der
Schule selbst war Alex im Zwiespalt, da er seinem besten
Freund nichts von den Entwicklungen der letzten Tage erzählt
hatte. Alex vertraute sich Andy aber absichtlich nicht an, da er
ganz genau wusste, wie der reagiert hätte, wenn er erzählte,
dass er nun die »Störfälle« als Freunde hatte. Er hätte Alex davon abgeraten und gesagt, dass sie ihn doch nur ausnutzten.
*Doch so ist es nicht,* dachte er. Andy und die GANG passten
einfach nicht zueinander, sodass die Treffen weiterhin im Verborgenen stattfinden sollten, um Andys Ratschlägen aus dem
Weg zu gehen. Dass Alex damit ihre jahrelange Freundschaft
aufs Spiel setzte, war ihm in diesem Moment nicht bewusst,
da er sich gerade auf einem Höhenflug befand. Es war ein tolles Gefühl, von diesen Jungs anscheinend als gleichrangig
wahrgenommen zu werden.
Alex und Andy schlenderten in der großen Pause über den
Schulhof.
»Frau Lindemann spinnt ja wohl. Wie kann sie uns bis morgen so viele Hausaufgaben aufgeben?«, fragte Andy empört.
»Wir Schüler haben keine Freizeit, das müsstest du doch mittlerweile wissen«, scherzte Alex.

»Was hältst du davon, wenn ich am Nachmittag zu dir komme und wir die Aufgaben gemeinsam machen. Das ist viel spaßiger.«

Vor solch einer Situation fürchtete sich Alex. Er stand zwischen zwei Welten. Malik und Matthes wollten sich ebenfalls mit ihm treffen und er hatte bereits zugesagt. Eine Ausrede musste also her.

»Heute kann ich nicht. Ich muss bei meiner Oma den Rasen mähen«, log er.

Obwohl Andy bereits seit Wochen bemerkte, dass Alex sich irgendwie anders verhielt, nahm er diese Aussage so hin und bohrte nicht weiter.

»Schade. Dann können wir uns ja am Wochenende sehen.«

»Auf jeden Fall!«

Es schellte. Das Klingeln zeigte den Endspurt des Schultages an. Noch zwei Stunden. Alex und Andy waren die Ersten, die den Chemieraum betraten und ihre Sachen aus den Rucksäcken holten. Alex bemerkte, dass sein Handy in der Hosentasche vibrierte.

> Wir treffen uns schon um 15 Uhr.
> Sei pünktlich!
> Malik.

*Aber da ist doch noch Schule,* schoss es Alex sofort durch den Kopf. Er dachte einige Minuten nach, bis er sich schließlich selbst einredete, dass es gar nicht so schlimm wäre, eine Schulstunde zu verpassen und er ruhig schwänzen könnte. Zu groß war sein Wunsch, ein Teil der GANG zu sein. Alex musste jetzt nur gut schauspielern können und Herrn Wagner, dem Chemielehrer, verklickern, dass er wegen Krankheit nach Hause müsste. Andy bemerkte seine plötzliche Verhaltensänderung.

»Welche Laus ist dir denn über die Leber gelaufen?«

»Mir ist übel.«

»Auf einmal? Gerade warst du noch völlig okay.«

»Ich weiß auch nicht. Vielleicht war das Essen schlecht.«

»Das hat sich gleich schon wieder.«

»Ich gehe lieber nach Hause. Ich sage Herrn Wagner Bescheid.«

Andy sah ihn verwundert an. Auch Herr Wagner schaute überrascht, als er bemerkte, dass ein Schüler seine Sachen einstatt ausräumte. Er ging auf ihn zu.

»Alexander, die Stunde ist noch nicht vorbei. Im Gegenteil – sie ist noch nicht einmal richtig angefangen.«

»Ich muss mich abmelden. Mir geht es nicht gut«, erklärte Alex.

Herr Wagner bezweifelte nicht, dass die Geschichte gelogen sei und ließ ihn gehen. Alex war immerhin ein Musterschüler, der immer seine Hausaufgaben und nicht eine einzige Schulstunde verpasst hatte.

»Gute Besserung, bis morgen«, verabschiedeten ihn Andy und Herr Wagner.

Kaum aus der Tür heraus, fummelte Alex sein Handy aus der Tasche.

Wo seid ihr?

Spielplatz an der Breisingstraße!

Alex machte sich auf den Weg. Der Spielplatz war ihm bekannt – allerdings mied er die Gegend rundherum. Das Viertel gehörte nicht gerade zu seinen Lieblingsorten, vor allem wegen der Typen, die dort herumlungerten. Nach ein paar Haltestellen erreichte die Linie 318 seine Endstation. Zu Fuß gelangte er in wenigen Minuten zum Spielplatz und hörte schon von weitem Musik, die aus den Lautsprechern der GANG ertönte. Hier war er definitiv richtig, er müsste nur den Bässen folgen.

Malik saß mit Matthes und Arthur auf einer steinernen Tischtennisplatte. Hinter ihrem Rücken sah Alex mehrere Flaschen Bier und Zigarettenstummel. Ein mulmiges Gefühl stieg erneut in ihm auf. Mit solchen Sachen hatte er noch nie etwas zu tun gehabt und das wollte er auch nicht. Doch nun hieß es »Mitgehangen, mitgefangen«. Er kam aus dieser Situation jetzt nicht mehr heraus. Das wollte er auch gar nicht, denn alles in allem fühlte er sich in der Gesellschaft der GANG wohl und sie brachte ihm gewisse Vorteile im Schulleben. So dachte Alex.

»Willst du auch ein Bier?«, fragte ihn Arthur.

»Nein, danke.«

»Hier gibt es kein NEIN. Du gehörst jetzt dazu.«

»Aber wir sind doch noch viel zu jung, um zu trinken und zu rauchen.«

Die drei Jungs der GANG fingen laut an zu lachen.

»Das ist ja süß«, sagte Malik und lachte weiter.

»Vielleicht magst du es ja. Probieren geht über Studieren«, ermunterte ihn Arthur.

»Aber nur einen Schluck«, willigte Alex ein.

Seine Zunge kostete das erste Mal Bier. Die Kohlensäure kribbelte im Mund, die Kälte erfrischte ihn und sein Gaumen streikte zunächst gegen den herben Geschmack. An den Seiten seiner Mundhöhle zogen sich für ihn bislang unbekannte Stränge hoch zum Ohr und schmerzten. Er konnte es sich nicht verkneifen, seine Mundwinkel nach hinten zu ziehen. Auch seine Augen verrieten den anderen, dass es ihm nicht zu schmecken schien.

»Pussy!«, scherzte Emre und nahm selbst einen Schluck aus seiner Flasche.

Matthes machte Alex Mut, indem er sagte: »Das ist nur der erste Schluck. Gleich schmeckt es besser«.

Alex setzte die Flasche also sofort noch einmal an und Matthes hatte recht – irgendwie schmeckt es schon besser.

Aus diesem weiteren Schluck wurde schnell eine Flasche und genauso ging es nach nur einem Zug an der Zigarette. Es war eine völlig andere Welt für Alex. Eine Welt, die er vorher nicht gekannt hatte und die von der seinen Galaxien entfernt lag. Er erinnerte sich an verschiedenen Situationen in der Schule, als er auf die GANG gestoßen war. Alle Schüler hatten Respekt vor ihnen. Alle wollten so sein wie sie. Alle Mädchen standen auf die Bad Boys und jetzt war Alex selbst ein Teil davon. Genau so wollte er schon immer sein.

Mit jedem weiteren Schluck aus der Flasche und jedem weiteren Zug an der Zigarette schwand sein anfänglich mulmiges Gefühl.

**Aufgabe 11:**

Wie stellst du dir die Szene vor? Gestalte eine Bildcollage auf der nächsten Doppelseite, indem du verschiedene Fotos/Bilder aus Zeitschriften oder aus dem Internet verwendest und diese zu einem vollständigen Bild anordnest. Du kannst dafür zum Beispiel folgende Bilder verwenden: eine Bierflasche, eine Tischtennisplatte und eine Zigarette. Deine Collage kannst du anschließend mit der Markierung @wahrefreundebuch auf Instagram posten.

**Tipp:**

Falls du keine passenden Materialien zur Erstellung einer Collage zur Hand hast, kannst du die Szene auch malen.

# 12

»Endlich Wochenende!«

Diesen Satz aus Alex' Mund zu hören, war für Conny unvorstellbar. Sie schaute ihn überrascht an.

»Seit wann gehst du nicht mehr gerne zur Schule?«, fragte sie ihn.

»Ich gehe gerne zur Schule, aber ich habe auch gerne Wochenende.«

»Vor ein paar Wochen wolltest du sogar in den Ferien lieber zur Schule gehen.«

»Im Moment ist alles stressig. Abschlussprüfungen, Klassenarbeiten … Du weißt schon«, erklärte Alex.

»Dann hast du dir eine kleine Pause verdient. Warum lädst du nicht mal Andy wieder zum Abendessen ein? Ich habe ihn schon länger nicht mehr hier gesehen.«

Andy.

Um seinen Freund hatte Alex sich in letzter Zeit nicht mehr gekümmert und auch seiner Mutter fiel es schon auf.

»Ja, warum nicht. Ich frage ihn mal«, log Alex. »Ich gehe mal zu ihm.«

Diese Situation kam ihm gelegen, denn so konnte er das Haus verlassen, ohne dass seine Mutter irgendwelche Nachfragen stellte, auf die er nicht zu antworten wusste. Er hatte sich mit der GANG verabredet, doch das konnte er Conny nicht sagen.

»Bis später.«

Alex verabschiedete sich, schnallte seinen Rucksack auf und verließ das Haus.

Treffpunkt war der Supermarkt in Holthausen. Diesmal musste die GANG einen anderen Laden nehmen, weil der Diebstahl nicht allzu lang her war und sie sich dort eine längere Zeit nicht mehr blicken lassen konnten. Alex war sich aber sicher, dass dies eine einmalige Aktion der Jungs gewesen war. Nie im Leben hätte er bei solchen Sachen mitgemacht.

Vor dem Markt verstrichen die Minuten. Alex wartete schon eine Ewigkeit. Die GANG schien ihn versetzt zu haben. Zweifel stiegen ihn ihm auf und er überdachte die letzten Tage, während er sich auf dem Heimweg machte.

»Wo willst du hin?«, fragte ihn Malik und klopfte ihm auf die Schulter.

»Hey! Ich dachte, dass ihr nicht mehr kommt«, erklärte Alex.

»Sorry, aber der Bus hatte Verspätung. Komm!«

Die Bande betrat den Supermarkt und steuerte die Ecke mit den Knabbereien und Chips an. Sie blödelten herum und hatten Spaß daran, mehrere Tüten auszusuchen.

»Lasst uns ein Partypack nehmen, dann ist für jeden etwas dabei«, schlug Matthes vor.

»Lasst uns lieber einzelne Sachen aussuchen«, sagte Malik.

Während die GANG diskutierte, öffnete Arthur vorsichtig Alex' Rucksack. Der war so sehr von dem Gespräch der Jungs abgelenkt, dass er nichts davon bemerkte. Arthur verstaute eine Wodkaflasche darin, schloss ihn wieder genauso vorsichtig und leise, wie er ihn zuvor geöffnet hatte und stieg ins Gespräch ein.

»Wir lösen das Problem, indem jeder eine Sache nimmt. FERTIG!«

Das »Fertig« war in diesem Fall das Signal für Malik, dass alles eingepackt war. Auch der Alkohol in Alex' Rucksack. Malik gab daraufhin den Befehl, sich nun zu beeilen und Richtung Kasse zu bewegen.

Die Kassiererin checkte die Bande mit ihren Blicken. Sie schaute mehrmals in die Gesichter der Jungs, um eventuelle Panik oder Unsicherheit zu entdecken, da allein ihr Äußeres schon verdächtig aussah.

»Das macht 10,15 Euro«, sagte sie und hielt die Hand auf.

Malik übernahm die Rechnung und wünschte der Frau noch einen schönen Arbeitstag.

Außerhalb des Supermarktes bemerkte Alex eine andere Stimmung.

»Was gibt es denn zu lachen?«, fragte er in die Runde.

»Das zeigen wir dir später«, beruhigte ihn Arthur. »Erst einmal fahren wir zur Breisingstraße.«

Sie stiegen in die 318 und erreichten in wenigen Minuten ihren Stammplatz – den Spielplatz.

»Gib mal deinen Rucksack. Ich zeige dir, warum wir so lachen«, sagte Malik.

»Es ist doch gar nicht der Rucksack meiner Schwester. Was ist so witzig daran?«

»Nun mach schon!«

Verwundert übergab Alex den Rucksack. Er konnte nicht glauben, was er sah, als Malik eine Glasflasche herauszog.

Er starrte die Flasche an.

»Hast du gut gemacht. Cooler Typ!«, lobte ihn Matthes.

»Du hast es echt drauf.«

»Geborenes Talent!«

»Du hast dir den Platz in unserer Bande verdient.«

Die Anerkennung bestärkte Alex und wärmte seine Seele. Dass er selbst einen Diebstahl begangen hatte, war ihm in diesem Moment zwar klar, aber trotzdem egal. Er war vielmehr stolz auf sich, dass er der GANG – zwar unbewusst – geholfen hatte und man ihn nun feierte. Da er die Hemmschwelle zum Alkoholtrinken und Rauchen beim Treffen zuvor schon überschritten hatte, war es nun ein Leichtes, auch einen Schluck Wodka aus der gestohlenen Flasche zu testen und bei einem Ladendiebstahl mitgemacht zu haben.

Die GANG, einschließlich Alex, verbrachte den ganzen Abend miteinander und fühlte sich unbesiegbar.

## Aufgabe 12:

Stelle dir vor, Alex wäre bei dem Diebstahl erwischt worden und stünde nun vor Gericht.

Verfasse eine Verteidigungsrede aus Alex' Sicht, in der du die Situation und deine Gefühle dem Richter ausführlich erklärst.

_____

_____

_____

# 13

Der nächste Morgen begann für Alex mit Kopfschmerzen und Übelkeit. *Vielleicht werde ich krank,* dachte er und wälzte sich in seinem Bett hin und her. Dass seine Beschwerden von dem Wodka kamen, wusste er nicht. Nie zuvor hatte er Alkohol getrunken und konnte deshalb auch nicht wissen, dass der Tag danach nicht so märchenhaft sein würde. Er erinnerte sich, dass an diesem Sonntag seine Eltern und Schwester nicht da sein würden, weil sie zu Mias Tanzaufführung fuhren. Gut für Alex. So konnte er sich den Tag über erholen.

Das Piepen seines Handys verstärkte kurzzeitig seine Kopfschmerzen. Mit der einen Hand packte er sich an die Stirn, mit der anderen nahm er sein Handy vom Nachttisch und öffnete die Nachricht.

> War echt cool gestern. Wir treffen uns später. Gleiche Stelle. Bring Kippen mit.

> Ich habe aber keine. Meine Eltern rauchen nicht.

> Na und...? Mach es doch so wie mit dem Wodka.

> Ich kann nicht einfach so stehlen. Gestern habe ich es auch nicht absichtlich gemacht.

> Bist anscheinend doch nicht
> so cool, wie ich gedacht habe.

Alex war hin- und hergerissen. Er machte eine Liste, um die Situation, in der er sich nun unweigerlich befand, abzuwägen.

**Aufgabe 13:**
Erstelle eine Pro- und Kontraliste aus Alex' Sicht zum Diebstahl der Zigaretten.

Argumente für den Klau der Zigaretten:

_____

_____

_____

_____

_____

_____

_____

_____

Argumente gegen den Diebstahl der Zigaretten:

_____

_____

_____

_____

_____

_____

_____

_____

_____

_____

_____

_____

_____

_____

_____

_____

_____

Solch eine Aufstellung machte er immer, wenn er sich nicht für eine Seite entscheiden konnte. Alex betrachtete seine Liste und zerriss sie.

»Scheiß drauf, ich kriege das schon irgendwie hin«, machte er sich Mut und zog sich an.

Ein paar Minuten später fand er sich in einem kleinen Büdchen in der Nähe seines Elternhauses wieder. Es war eine Art Tante-Emma-Laden, ein Kiosk. Die Verkäuferin, eine 60 Jahre alte Dame, kannte Alex schon, seitdem sie hier wohnten. Andy und er gingen früher regelmäßig dorthin, um sich Süßigkeiten zu kaufen.

»Hallo, Alex. Lange nicht mehr gesehen«, begrüßte sie ihn.

»Guten Tag. Ich hätte gerne eine gemischte Tüte Süßigkeiten.«

»Mit oder ohne Lakritz?«

»Ohne.«

Die Verkäuferin suchte ihre Zange, um aus jedem kleinen Döschen ein Weingummi zu nehmen. Das brachte Alex genügend Zeit, um ein bisschen weiter nach rechts zu gehen. Dort befanden sich die Zigaretten. Abwechselnd schaute er zu den Päckchen und der Frau. *Bestimmt hört sie mein Herz klopfen,* dachte Alex. In einem günstigen Moment schnappte er sich zwei Schachteln von der Sorte, die ihm am nächsten stand und verstaute sie schnell in die Jackentasche.

»Geht's dir gut, mein Junge?«, fragte ihn die Dame und studierte die Schweißperlen auf seiner Stirn.

»Ich fühle mich heute nicht so gut.«

Das war noch nicht einmal gelogen.

Der gestrige Tag verfolgte ihn heute noch in Form von Übelkeit und Kopfschmerzen.

»Ja, das kenne ich. Ich habe auch manche Tage, an denen ich mich nicht so wohl fühle. Aber irgendjemand muss den Laden hier ja am Laufen halten«, schwatzte die Frau weiter und war sichtlich erfreut, dass sich ein Kunde mal etwas länger mit ihr unterhielt.

Alex bezahlte und verließ den Kiosk – mit zwei Zigarettenschachteln. Aber auch mit einem schlechten Gewissen.

Wie in Trance schlich er zur Bushaltestelle und wartete geistesabwesend die Minuten, bis der Bus einfuhr und ihn zum GANG-Treffpunkt brachte. Er war geschockt über sich selbst, sodass er keine klaren Gedanken fassen konnte, einfach nur starr aus dem Fenster des Busses schaute und die vorüberziehenden Häuser und Menschen nur verzerrt wahrnahm.

Seine Füße trugen ihn von selbst aus zum Spielplatz und er sah Malik und die anderen, die ihn angriffslustig anstarrten.

»Verpiss dich!«, befahl Malik und stieß ihn weg.

Alex wühlte schnell die Päckchen Zigaretten aus der Tasche heraus und zeigte sie in die Runde. Sie waren in diesem Moment seine Rettung vor weiteren Schmerzen.

Schnell machte sich ein Grinsen bei den Jungs breit.

»Geht doch! Warum nicht gleich so?«, sagte Arthur und die GANG nahm ihn wieder in ihrer Runde auf.

# 14

Alex und seine Familie saßen am Tisch und aßen gemeinsam zu Abend. Es war schon eine Weile her, dass alle Familienmitglieder zur selben Uhrzeit daheim waren. Auch Conny bemerkte die Veränderung in den letzten Tagen immer mehr. Ihr fiel es von Tag zu Tag stärker auf, dass Alex viel seltener zuhause war und auch nicht mehr mit ihr und Schwesterchen Mia von der Schule nach Hause fahren wollte.

Die Zeit für schulische Dinge kam in letzter Zeit gänzlich zu kurz und das fiel auch bei den Lehrern auf. Erst am vergangenen Dienstag hatte Frau Lindemann ihn wegen der miserablen Tests angesprochen.

*Ich mache mir Sorgen. Sag mir doch, was los ist,* hallten ihre Worte immer noch in Alex' Kopf. Anscheinend hatte sie aber noch nichts zu seiner Mutter gesagt, die immerhin für jeden Lehrer im Sekretariat tagtäglich zu erreichen war und so unweigerlich vieles mitbekam. Alex hatte ihr daraufhin versichert, dass es ein Ausrutscher gewesen war und sie beruhigt sein konnte. Doch auch Tage danach bemerkte er, dass seine Lehrerin ihn immer häufiger beobachtete und das mit einem Blick, welcher Mitleid, Unsicherheit und Sorge ausdrückte. Frau Lindemann war eine Lehrerin, die sich jedes Problems der Schüler annahm und immer ein offenes Ohr für jeden Einzelnen hatte. Gerade deshalb war sie Alex' Lieblingslehrerin. Er hätte sich ihr zweifelsohne anvertrauen können, doch das wollte er nicht.

Alex bemerkte ebenfalls, dass auch Andy sich immer mehr von ihm distanzierte. Vor allem in der Schule. Darüber konnte er sich aber nicht beschweren, da es ihm unangenehm war, wenn die GANG ihn mit seinem ehemals besten Freund sah. Sie beschimpften ihn mit »Schwuchtel« und rieten ihm ab, mit solchen Strebern befreundet zu sein. Das Verhalten von Malik und den anderen Bandenmitgliedern übertrug sich schnell auf Alex. Er wurde immer ruppiger zu Andy. In den Unterrichtsstunden, in denen sie nebeneinandersaßen, fiel er durch Schweigen oder durch eine herrische Haltung gegenüber Andy auf. Es war also kein Wunder, dass der sich in letzter Zeit von ihm abwandte.

Nicht nur die Lehrer und Andy bemerkten die Veränderungen, sondern auch seine kleine Schwester Mia. Alex brachte sie seit einiger Zeit schon nicht mehr in den Klassenraum und trug auch nicht mehr ihren Rucksack. Einmal sagte er ihr sogar, dass sie es nicht wagen sollte, ihn auf dem Schulhof in den Pausen anzusprechen. Sie fügte sich seinen Anweisungen und verlor bislang kein Wort darüber.

»Wie war der Schultag?«, fragte Vater Thorsten in die Runde.

»Wir haben heute eine eigene Geschichte geschrieben«, erklärte Mia begeistert.

Doch ihre Begeisterung fand schnell ein Ende, als sie begann, von Vorkommnissen auf dem Schulhof während der Pausen zu erzählen.

»Die Pausen machen aber keinen Spaß.«

»Warum?«

»Es gibt Schüler, vor denen wir Angst haben.«

»Haben sie dir etwas getan?«

»Nein, aber meine Freunde erzählen, dass sie von diesen Jungs erpresst werden.«

»Womit denn erpresst?«

»Ich weiß es nicht genau.«

»Mach dir keine Sorgen, Schatz. Manche Sachen stimmen gar nicht«, tröstete Conny.

Dass auch Alex nun ein Schüler war, vor denen Fünft- und Sechstklässler wie Mia Angst haben mussten, wusste seine Familie nicht. Und selbst Alex war es gar nicht bewusst, dass er schon längst ein Teil dieser angsteinflößenden GANG war. Das lag auch daran, dass sie sich möglichst wenig miteinander in der Schule zeigten und Malik und Co. sowieso öfter Schulstunden schwänzten.

Nach dem Essen bat Conny Mia auf ihr Zimmer. Sie und Thorsten wollten noch mit Alex alleine reden. *Habe ich etwas falsch gemacht,* dachte Mia und stapfte die Stufen zu ihrem Zimmer hoch. Alex dachte dasselbe.

»Alex, was ist los in letzter Zeit? Andy ist nicht mehr bei uns, du bist selten zuhause und distanzierst dich immer mehr von uns. Wir machen uns Sorgen«, begann Thorsten das Gespräch und fiel gleich mit der Tür ins Haus.

»Ich bin nicht da, weil ich immer bei Andy bin. Wir arbeiten an einem Projekt«, log er seinen Vater an.

»Du schwänzt außerdem die Schule«, fuhr Conny fort.

Damit, dass er aufgeflogen war, hatte Alex nicht gerechnet. Deshalb wusste er auch in diesem Überraschungsmoment keine passende Antwort, um seine Eltern zu beruhigen.

Stattdessen starrte er einfach auf seinen Teller.

»Wo treibst du dich rum? Rede mit uns!«

»Es ist alles ok.«

»Nichts ist ok. Mia sieht dich nicht mehr auf dem Schulhof, du begleitest sie nicht mehr zur Klasse, anscheinend hast du dich mit Andy zerstritten … Was ist daran ok?«, schrie Thorsten.

»Ihr könnt mich einfach nicht verstehen«, erklärte Alex.

»Dann versuche es doch zu erklären! Wir machen uns Sorgen.«

Alex versicherte ihnen, dass sie keine Bedenken haben müssen und tischte ihnen eine Lüge nach der anderen auf. Um die Wogen zu glätten, versprach er seinen Eltern, dass er ab jetzt wieder mehr zuhause sein und sich besser um Mia kümmern werde.

Seine Eltern glaubten ihm.


**Aufgabe 14:**

Später spricht Alex seine Schwester darauf an, dass sie gepetzt habe. Erweitere die Geschichte, indem du einen Dialog zwischen den Geschwistern schreibst. Benutze dabei folgenden Satzanfang:

Alex: »Warum hast du es denen gesagt?«

# 15

»Gib mir auch mal eine Kippe«, forderte Arthur und zeigte auf die Zigarettenschachtel in Matthes' Hand.

Die Jungs lungerten an ihrem Lieblingsplatz herum. Auch Alex war dabei. Dass er dafür ab und zu die letzten Stunden ausfallen lassen musste, empfand er als gar nicht mehr so schlimm. Die Lehrer konnten ja nicht beweisen, dass es ihm NICHT schlecht ginge und mussten ihn daraufhin ziehen lassen. Es kam jetzt auch sogar schon vor, dass er lieber gar nicht erst zur Schule ging und seiner Mutter weis machte, dass er eine Erkältung bekäme.

Hin und wieder ploppte das gestrige Gespräch mit seinen Eltern in seinem Kopf auf. Er müsste sich in Zukunft etwas Besseres überlegen, womit er sie zufrieden stellen könnte, wenn er sein Doppelleben aufrechterhalten wollte. Seine Situation war auch deswegen so heikel, weil seine Mutter einen kurzen Draht zu seinen Lehrern hatte und schnell über alles informiert sein könnte. Auch Mia könnte zu einem Problem werden, wenn sie Alex in irgendeiner Pause mit seinen neuen Freunden abhängen sähe und petzte. Er musste sich also gut überlegen, wie er am besten auf diesem Drahtseil balancieren könnte. Durch die gemeinsam verbrachte Freizeit war Alex ein fester Bestandteil von Maliks Bande geworden.

»Alex, wir haben dich jetzt lang genug im Auge behalten. Wir denken, dass es Zeit ist, dich in unser Geschäft einzuweihen«, sagte Malik.

Er schaute in die Runde zu seinen Jungs. Anscheinend hatte er seinen Plan, Alex von ihren Machenschaften zu erzählen, im Vorfeld nicht besprochen. Arthur, Emre, Matthes und Dustin reagierten dementsprechend darauf.

»Er ist noch nicht so weit«, protestierte Matthes.

»Das werden wir ja jetzt sehen«, beschwichtigte Malik.

Doch auf das, was er von der GANG hörte, war er tatsächlich nicht gefasst. Alex fühlte sich wie gelähmt. Langsam realisierte er, dass er in einer Abwärtsspirale steckte, die sich immer tiefer nach unten drehte.

»Können wir mit dir rechnen?«, fragte ihn Malik und holte ihn aus seinen Gedanken.

Alex starrte weiter auf die Tischtennisplatte.

»Habe ich ja gesagt: Er ist noch nicht so weit«, sagte Matthes.

Malik machte ihm noch einmal den Ernst der Lage klar, indem er sagte: »Alex, du hast jetzt schon viel Scheiße mit uns gemacht. Die Polizei wäre uns sicherlich sehr dankbar dafür, wenn wir ihr sagen, wer in Supermärkten und Kiosken klaut.«

Alex fühlte sich wie gefesselt. Er steckte in einer Zwickmühle. Die Jungs hatten ihn handlungsunfähig gemacht. Das Einzigeg, was ihn jetzt noch retten konnte, war eine Einwilligung und deshalb sagte er: »Ihr könnt auf mich zählen.«

»Geht doch. Anfangs wird es etwas komisch sein, doch je öfter du es machst, desto einfacher wird es dir fallen«, munterte ihn Malik auf.

Weitere Minuten verstrichen und Alex realisierte, dass er schnellstmöglich aus der Situation flüchten musste. Er versprach, sich bei Malik und den anderen zu melden, als er den

Spielplatz mit der Ausrede verließ, dass er sich um seine kleine Schwester kümmern müsste. Die GANG ließ ihn ohne Gelächter ziehen. Die Jungs begriffen, dass sie ihrem neuen Mitglied – besser: ihrem neuen Opfer – mit diesem Vorhaben vielleicht zu viel zumuteten, aber immerhin hatten sie etwas in der Hinterhand, falls er petzen wollte.

Auf dem Nachhauseweg kreisten Alex' Gedanken nur um ein Thema: die Erpressung von Fünft- und Sechstklässlern.

Er war jetzt Teil der Machenschaften der GANG, die ihm anvertraute, dass sie die jungen Schüler um ihr Taschengeld brachten. Sie drohten ihnen mit Schlägen und Prügeln und machten ihnen das Leben schwer, damit sie an ihr Geld kamen. Die Gerüchte, die Mia einst am Esstisch erzählte, waren also wahr.

*Ist meine Schwester wohl auch unter den Opfern,* fragte er sich und stiefelte weiter nach Hause.

Alex war geschockt von der Skrupellosigkeit, die die Jungs an den Tag legte. Der Diebstahl war ein feuchter Furz dagegen. Hier ging es vielmehr um die Aufrechterhaltung von Angst und Schrecken. Es waren fast schon Strukturen einer Mafia, die durch Erpressung Geld erlangte, um damit ihr Imperium aufzubauen. Sie agierte stets im Dunklen und keines ihrer Opfer würde gegen sie aussagen – so viel Furcht verbreiteten sie. Junge und naive Schüler waren eine leichte Beute und die GANG konnte an ihnen erste Verbrechen erproben.

Zuhause angekommen, machte Alex sich bettfertig. Er hatte das Bedürfnis, vorher noch einmal zu duschen. Er putzte sich die Zähne, zog seinen Pyjama an und legte sich ins Bett.

»Ich bin nicht so jemand«, sagte er sich und dachte dabei an seinen ehemals besten Freund Andy. Die Sorgen, die er früher mit Andy teilte, waren die bevorstehenden Prüfungen, aber nicht Diebstahl und Erpressung.

Sehnsucht nach diesem friedvollen Leben stieg in ihm hoch. Er tippte eine Nachricht in sein Handy ein.

> Hallo Andy. Wie geht es dir? Was machst du? Alex

Ein paar Straßen weiter konnte Andy seinen Augen nicht trauen. *Der coole Alex schreibt mir eine Nachricht,* dachte Andy. Das »cool« war dabei jedoch abwertend gemeint. Andy hatte in der letzten Zeit sehr wohl mitbekommen, was vor sich ging. Alex ließ ihn immer mehr einfach links liegen und scherte sich einen Dreck um das frühere A-Team. Andy wusste, dass sein Freund immer mehr den Kontakt zu den Leuten suchte, die er zuvor als »Störfälle« bezeichnet hatte, doch wie weit Alex bereits in den Fängen der GANG steckte, konnte er bislang nicht ahnen. Andy wollte unbedingt vermeiden, mit dieser Bande in Kontakt zu kommen, da die Gerüchte und Geschichten um sie wie ein blinkendes Warnschild in seinem Kopf Alarm machten.

Alex wartete. Eine Antwort erschien auf dem Display.

> Ich kenne keinen Alex mehr ...

Eine Träne lief über seine Wange. In dieser Nacht fand er keinen Schlaf.


**Aufgabe 15:**

Die Situation, in der sich Alex derzeit befindet, bedrückt ihn sehr. Welche Gedanken schwirren ihm durch den Kopf? Schreibe einen inneren Monolog aus seiner Sicht.

_____

_____

_____

_____

_____

_____

_____

_____

_____

_____

_____

_____

_____

»Die Natur betrügt uns nie. Wir sind es immer, die uns selbst betrügen.«

*Jean-Jaques Rousseau*

# 16

Das Dröhnen des Weckers riss ihn aus seinen Träumen. Er hatte immer noch keine Lösung für sein Problem gefunden. Dass seine bessere Hälfte des A-Teams sich auch noch von ihm abgewandt hatte, war auch nicht hilfreich. Früher hatte er immer auf Andy zählen können, aber die Zeiten waren vorbei. Alex hatte sich verändert und fühlte sich die meiste Zeit gut damit. Dennoch zerbrach er sich über das Vorhaben der GANG den Kopf. Er bekam am Esstisch die Geschichten seiner kleinen Schwester mit, dass sie und ihre Freunde Angst vor den Großen hatten und sich manchmal sogar nicht auf den Schulhof trauten. Jetzt sollte Alex einer von diesen Schülern sein?

»Alex, was ist los? Willst du denn nicht langsam aufstehen?«, fragte ihn Conny.

Alex verzog sein Gesicht und packte sich an den Bauch.

»Mir geht es nicht gut. Ich kann heute nicht zur Schule«, antwortete er.

Conny wusste, dass da irgendetwas vor sich ging. Ohne dass Alex es mitbekam, hatte sie bereits mit einigen seiner Lehrern gesprochen und erfahren, dass er häufig mit "Bauch- oder Kopfschmerzen" nach Hause ging. Davon hatte sie nichts geahnt. Weil sie Alex also einen Schritt voraus war und von seinem Schulschwänzen wusste, spielte sie sein Spielchen mit und sagte: »Du Armer, dann ruh dich heute aus! Trink Tee und iss Zwieback! Wir sehen uns heute Mittag.«

Sie strich über seine braunen Haare und küsste ihn auf die Stirn. Sie wollte in einer besseren Situation die Karten auf den Tisch legen und Alex zur Rede stellen.

Alex erinnerte sich an eine Begebenheit aus der Grundschulzeit. In der dritten Klasse hatte er einmal die Hausaufgaben zu *Die Bewohner des Waldes* vergessen und sich nicht zur Schule getraut. Er hatte Angst vor seiner Klassenlehrerin, Frau Bensken, die – laut Erzählungen – kleine Kinder zum Frühstück aß. Sie war die strengste Lehrerin der Schule und von allen gefürchtet. Wer zu spät aus der Pause kam, musste nachsitzen. Wer keine Hausaufgaben hatte, musste nachsitzen. Wer im Unterricht quatschte, musste nachsitzen. Wer keine Materialien dabei hatte, musste nachsitzen. Es ging sogar das Gerücht um, dass sie einmal eine ganze Nacht mit einem Schüler im Klassenraum verbracht hatte und er die kompletten Schulregeln abschreiben musste. Heute war Alex klar, dass das gelogen war, aber als kleiner Junge hatte er daran geglaubt.

Und so kam es, dass er auch heute dieselbe Ausrede nutzte, die er Jahre zuvor ebenfalls gebraucht hatte. Diesmal waren es aber nicht vergessene Hausaufgaben, sondern die Angst vor Konfrontation.

Alex Handy vibrierte. Eine Nachricht. Er wollte den Inhalt lieber nicht erfahren. Zur Ablenkung schaltete er den Fernseher ein und zappte durch die Kanäle. *Scheiße, scheiße, noch größere Scheiße,* dachte er, während er die verschiedenen Sendungen durchlaufen ließ.

Das Handy vibrierte erneut und erinnerte ihn an die nicht geöffnete Nachricht. Alex sah nach.

Na ... hast du Schiss?

Traust du dich nicht mehr in die Schule?

Guten Morgen! Ich habe nur etwas Schlechtes gegessen.

Ob die Ausrede auch bei der GANG funktionierte? Seine Mutter kaufte sie ihm immerhin ab.

Wir verlassen uns auf DICH. DU bist unser Mann und wir wollen DICH in der GANG haben. Morgen nach der Schule beginnt unser Beutezug.

Es schmeichelte ihm, dass Malik ihn in seiner Bande haben wollte. *Einen Vorteil hat es, wenn ich mitmache: Ich kann meine Schwester schützen und selbst bestimmen, wer erpresst wird,* redete er sich ein. Vielleicht ist es auch gar nicht so schlimm. Im Laufe des Tages fielen ihm noch mehrere Gründe ein, warum er doch am "Beutezug" – so wie Malik es nannte – mitmachen sollte. Somit verabschiedete sich sein schlechtes Gewissen immer mehr.

**Aufgabe 16:**

Das Eingangszitat zu diesem Buchabschnitt lautet: »Die Natur betrügt uns nie. Wir sind es immer, die uns selbst betrügen«.

Erkläre dieses Zitat, indem du es auf Alex' derzeitige Situation und Gedanken beziehst. Wechsele dafür in seine Perspektive und nutze den vorgegebenen Satzanfang.

»Das Zitat kann gut mit meiner derzeitigen Situation und Gedanken in Verbindung gebracht werden, weil …

_____

_____

_____

_____

_____

_____

_____

_____

_____

_____

_____

_____

# 17

Im 2-Minuten-Takt huschte Alex' Blick im Wechsel von der Klassenuhr zu seinem Heft auf dem Tisch. Schon den ganzen Tag über hatte er besonderes Herzklopfen und jetzt, kurz vor dem Ereignis, das ihn so nervös machte, stand er fast vor einem Infarkt. Das Ticken des Sekundenzeigers verschlimmerte seine innere Anspannung.

*Was ist, wenn ich alles abblasen würde,* dachte er. *Was ist, wenn Mia auf einmal vor mir steht? Was passiert, wenn mich jemand erwischt?*

Doch die Antworten blieben aus, das Schellen zum Schulschluss riss ihn aus seiner Gedankenspirale und er wusste, dass er sich beeilen musste, um vor allen anderen Schülerinnen und Schülern an seinem zugewiesenen Platz zu stehen.

Alex sollte sich laut Maliks Befehl an der hinteren Ecke des Schulhofes postieren. Dieser Teil ist zum einen kaum einsehbar und zum anderen ging hier tagtäglich eine Horde Schüler her, um die Abkürzung über eine kleine Brücke zum anliegenden Wohngebiet zu nutzen. Er selbst nutzte die Brücke nie. Weder hatte er Freunde dort noch musste er sich generell Gedanken um den Hin- und Rückweg zur Schule machen, da er ja stets mit seiner Mutter und Schwester fuhr.

Seine Schulsachen vor ihm wischte Alex mit dem Unterarm vom Tisch in seinen Rucksack. Für Ordnung hatte er jetzt keine Zeit. Er stand so ruckartig auf, dass sein Stuhl umfiel und scheppernd auf den Boden krachte. Er schwang seinen

Rucksack auf den Rücken und verließ das Klassenzimmer, als ob er von einer Biene gestochen worden wäre. Auf dem Weg durch die Flure und Gänge rollten ihm Schweißperlen die Stirn hinab und brannten in seinen Augen. Man hätte denken können, dass er weinte, da seine Augen so gerötet waren – vielleicht tat er es auch innerlich. Auf dem Flur begegnete er Matthes, der ebenfalls hastig an ihm vorbei huschte, ohne einen Ton zu sagen. Sein Augenzwinkern und sein Klopfen auf Alex' Schulter sollten ihn wohl noch einmal bestärken und Zuversicht ausdrücken.

Auf dem Schulhof stellte er fest, dass er bereits ein paar Fünft- und Sechstklässler verpasst hatte, da er nur noch ihre Rucksäcke hinter der Brücke verschwinden sah. Einer davon sah genauso aus wie Mias Pferderanzen. Alex fragte sich erneut, was er wohl machen würde, wenn seine Schwester ebenfalls hierher gehen wollte. Wie würde er in dieser Situation reagieren? Was würde er Mia sagen, wenn sie ihn fragte, warum er hier wie ein Bodyguard stand? Was würde sie zuhause erzählen? Ihm wurde bewusst, dass er sich in einem Gewissenskonflikt befand. Einerseits wollte er die GANG nicht enttäuschen und auch nicht verachtet werden, andererseits konnte er wohl kaum Familienmitglieder erpressen und ausrauben. Während dieser Gedankengänge trugen ihn seine Beine von ganz allein zum vereinbarten Ort des bevorstehenden Verbrechens. Das nahm Alex als ein Zeichen. Er sollte anscheinend seinen Job erledigen und nahm sich fest vor, die nächsten Schüler nicht davonkommen zu lassen. Also legte er noch einen Zahn zu, damit er vor dem nächsten Schwung da war.

Jetzt war es höchste Zeit, sein GANG-Gesicht aufzulegen. Er zog die Augenbrauen zusammen, kniff die Augen leicht zu und zog seine Mundwinkel nach unten. Er durfte auf keinen Fall freundlich aussehen, schließlich muss er sich als Neuling erst noch Respekt verdienen. Viel Zeit zum Nachdenken hatte er nicht mehr. Zwei Mädchen, wahrscheinlich aus der fünften Klasse, kamen auf ihn zu. Die eine lächelte Alex sogar höflich an, doch das durfte ihn jetzt nicht mehr beeinflussen. Am Ende des Beutezuges durfte er nicht mit leeren Händen dastehen.

»Das Überqueren der Brücke kostet«, fauchte er in einem ruppigen Ton.

Die Mädchen schauten sich mit fragenden Gesichtern an und erkannten zunächst nicht die Gefahr, da sie einfach weitergingen.

»Ich meine es ernst«, verstärkte Alex seine Worte und stellte sich ihnen in den Weg.

Langsam dämmerte es ihnen. Auch sie kannten die Gerüchte von Erpressung, die auf dem Schulhof die Runde machten. Bislang waren sie anscheinend aber immer davongekommen, da sie sonst die Situation sofort richtig eingeschätzt hätten.

»Wir haben aber nicht so viel Geld«, flüsterte eines der Mädchen.

»Das ist egal. Gebt mir das, was ihr habt! Beeilt euch!«

Die Mädchen fummelten ihre bunten Portemonnaies aus den Jackentaschen und öffneten die Münzfächer.

Alex wollte es so schnell wie möglich hinter sich bringen und so drängte er sie mit einem gehetzten »Na los! Macht schon«.

Mit ihren kleinen Fingern holen sie alle Münzen heraus und überreichten sie wortlos.

»Geht doch! Haut jetzt ab!«

Alex machte den Weg zur Brücke frei und die beiden rannten in Richtung Wohngebiet, während bereits das schlechte Gewissen an ihm nagte. Die 4,67 Euro, die er jetzt gerade in den Händen hielt, waren das Taschengeld der Mädchen, die sich nun keine Süßigkeiten am nächsten Kiosk holen konnten. Vielleicht sollten sie ihren Müttern auch etwas aus dem Supermarkt mitbringen und bekamen nun Ärger, da sie das Geld einfach für andere Dinge ausgegeben hatten – so wäre wohl die Annahme der Eltern. Doch mehr Zeit zum Überlegen hatte Alex auch diesmal nicht, da weitere Opfer die Brücke erreichten.

Von Mal zu Mal ging der Beutezug viel leichter über die Bühne. Alex schlüpfte in seine Rolle und trainierte sich die richtigen Worte an, um einerseits Angst zu erzeugen und andererseits schnell an das Geld zu kommen. Er müsse es einfach als Job ansehen, redete er sich selbst ein, wohlwissend, dass er andernfalls nicht mehr zur GANG gehört hätte und ER dann in Angst leben müsste.

Nach ungefähr einer Viertelstunde verließ er seine Position und ging zum Teamtreffen hinter der Sporthalle.

»Wie lief's?«, empfing ihn Malik.

»Alles total easy«, log Alex und zählte die Euro- und Cent-Münzen in seinen Händen. 10,32 Euro kamen aus seinem Beutezug zusammen.

»Zeig mal her!«

Auch Malik zählte noch einmal nach und nickte.

»Nicht schlecht für den ersten Tag. Zusammen mit unseren Einnahmen haben wir insgesamt 55,23 Euro.«

Die Jungs klatschten sich gegenseitig ab und freuten sich über ihre geleistete Arbeit. Auch Alex machte mit. Das Lob der anderen Mitglieder ließ seine Unsicherheit und Angst verschwinden. Beim Anblick der erfreuten Gesichter verflogen seine Schuldgefühle und er dachte an die Ständegesellschaft aus dem Mittelalter, für die sich Andy und er interessierten. Anders als damals wird man heute aber nicht in einen festen Stand geboren, sondern jeder Einzelne kann sich durch Fleiß nach oben arbeiten und Stände überspringen. Nun stand Alex nicht mehr ganz unten im Hierarchiesystem, sondern stieg Schritt für Schritt auf. Er wusste, dass die Art und Weise nicht korrekt war und er um Haaresbreite vielleicht seine Schwester hätte ausrauben müssen, doch für den Moment war es ihm egal.

**Aufgabe 17:**

Stelle dir vor, du wärst eines dieser Mädchen, die Alex Geld geben mussten. Schreibe die Situation aus der veränderten Perspektive um. Beginne dabei mit folgenden Satzanfängen:

Endlich Schulschluss. Ich packte schnell meine Sachen in den Rucksack und wartete auf meine Freundin Esra, die ich schon seit der ersten Klasse kenne. Wir gehen immer gemeinsam nach Hause und erzählen uns die wildesten Geschichten, die

wir am Wochenende so erlebten. So erreichten wir schnell
den Schulhof und gingen Richtung Brücke.

# 18

Die Zeit mit seinen neuen "Freunden" verging wie im Flug und Alex genoss den Luxus und den Lebensstil, den er jetzt mit der GANG führte. Dank der Beutezüge, die immer dann einberufen wurden, wenn das Geld für Alkohol, Zigaretten, Kinobesuche und sonstige Ausgaben nicht mehr reichte, lebte Alex nun vollkommen unabhängig von seinen Eltern. Er musste nicht mehr nach Geld fragen und auch nicht zweimal überlegen, ob er sich den ein oder anderen Kinofilm anschauen wollte. Das Geld der anderen machte sein Leben zwar leichter, aber dennoch waren seine Gedanken oftmals bei den Erpressten und Unterdrückten, da er selbst auch mal einer davon gewesen war. Malik versuchte ihn jedoch stets davon zu überzeugen, dass die paar Euro, die die Kleinen hin und wieder abdrücken mussten, ja nicht viel Geld seien und sie sowieso Taschengeld von ihren Eltern bekamen.

Nicht nur das Leben im neuen Freundeskreis veränderte sich. Auch das Familienleben nahm andere Gestalt an. Alex entfernte sich immer mehr und auch die Sorgen und Nöte, die seine Mutter Conny hin und wieder äußerte, ließen ihn kalt. Mittlerweile stellte er seinen Wecker schon so, dass er morgens vor ihnen das Haus verließ und abends spät nach Hause kam, um unangenehmen Fragen zu entgehen. Conny bohrte nämlich schon seit Wochen nach der versteckten Wahrheit und ließ keine Gelegenheit unversucht, die ein oder andere Erklärung für sein Verhalten aus ihm herauszubekommen.

Selbstverständlich bemerkte sie, dass ihr Sohn viel verschlossener wurde. Sie wusste nach den Gesprächen mit den Lehrern, dass er Schulstunden schwänzte und vereinbarte mit Frau Lindemann, dass bald ein gemeinsames Gespräch anstehen müsste, um der Wahrheit auf den Grund zu gehen.

Auch Alex' bester Freund Andy kam überhaupt nicht mehr zu Besuch. Er war noch Connys einziger Strohhalm in dieser Lage. Eines Tages nahm sie Kontakt zu ihm auf, als er gerade am Sekretariat vorbeiging. Sie nutzte die Gunst der Stunde, sprach ihn an und bat um ein Treffen nach dem Unterricht. Sie erhoffte sich Antworten, die sie von ihrem Sohn nicht mehr bekam. Doch so einfach, wie sie es sich vorstellte, war es nicht. Viele Verhaltensweisen von Alex wurden zwar verständlicher und einige Puzzleteile setzten sich nach den Erklärungen Andys zusammen, doch blieben viele Ungereimtheiten bestehen. Andy wollte seinen besten Freund nicht verpetzen und verschwieg Conny, dass die GANG wegen ihrer mutmaßlichen Taten gefürchtet wurde. Er war halt immer noch ein wahrer Freund.

**Aufgabe 18:**

Wie gestaltet sich das Gespräch zwischen Conny und Andy? Was erfährt sie von ihm und welche Aspekte bleiben im Dunklen?

Verfasse den Dialog zwischen den beiden und beginne mit einer Antwort von Andy auf Connys vorgegebene Frage auf der nächsten Doppelseite.

Conny: »Ich bin froh, dass du Zeit gefunden hast. Alex hat sich total verändert. Ich weiß nicht, was mit ihm los ist und er erzählt mir auch nichts mehr. Weißt du, warum er im Moment so abwesend ist?«

Andy:

_____

_____

_____

_____

_____

_____

_____

_____

_____

_____

_____

_____

_____

_____

# 19

»Und denkt daran: Das ist alles Stoff für die Abschlussprüfung. Es sind nur noch ein paar Tage bis dahin«, mahnte Frau Lindemann zum Ende der Stunde.

Doch darüber machte sich Alex schon lange keine Gedanken mehr. Sein ganzes Schulleben hatte er sich nach Bestnoten gesehnt. Einsen und Zweien gaben ihm Anerkennung und Bestätigung. Diesen Zweck erfüllte jetzt aber die GANG. Ihr Lob erfreute Alex mittlerweile genauso wie das beste Zeugnis der Klasse. Außerdem bräuchte er nun sowieso keinen guten Abschluss mehr, da er nach der zehnten Klasse nicht mehr die Schule besuchen wollte. Sein Wunsch nach dem höchstmöglichen Abschluss war in weite Ferne gerückt. *Was soll ich denn weiter zur Schule gehen, wenn ich dort sowieso keine Freunde mehr habe?*, fragte er sich. Er wusste nämlich ganz genau, dass Malik, Matthes, Emre, Arthur und Dustin so schlechte Noten hatten, dass sie die Schule nach der zehnten Klasse verlassen mussten – ob sie wollten oder nicht.

»Krass, es sind nur noch knapp vier Wochen bis zu den ersten Prüfungen«, sagte Emre, als alle Jungs der Bande sich nach der Schule hinter der Sporthalle zusammenfanden.

»Die Zeit verging wie im Flug!«

»Ich weiß gar nicht, wie ich die Prüfungen schaffen soll«, antwortete Arthur.

»Wie soll man denn den ganzen Scheiß von fünf Jahren im Kopf behalten?«

»Wieso braucht man überhaupt den Scheiß?«

»Schule ist sowieso reine Zeitverschwendung. Für unsere Beutezüge brauchen wir keine Gedichtanalyse oder Funktionsgleichungen«, witzelte Matthes und die anderen lachten mit.

»Wir können die Prüfungen nur schaffen, wenn wir vorher die Aufgaben haben. Anders haben wir überhaupt gar keine Chance mehr«, gestand Malik. »Wir haben einfach zu oft geschwänzt. Außerdem habe ich keine Lust und keine Zeit zum Lernen.«

»Heeeeeeeeeeyyyyyyyy, ich hab's, Leute! Für die Idee könnt ihr meine Eier küssen«, schrie Arthur und alle schauten ihn an.

Doch Arthur ließ sich mit seinen Ausführungen Zeit, um die Spannung nach oben zu treiben.

»Jetzt wollt ihr natürlich wissen, wie ich mit meiner Idee eure hässlichen Ärsche retten kann, oder?«

Arthur reckte einen Zeigefinger in die Luft und kniff ein Auge zu, um seine selbst ernannte Cleverness zu zeigen.

»Jetzt sag schon!«

»Aaaaaalsooooo, wollt ihr es wirklich wissen?«, fragte er, erhielt jedoch sofort einen Schlag von Malik auf seine Schulter, damit er endlich mit den Hampeleien aufhörte.

»Okay, okay. Ich habe mir gedacht, dass wir einen wahren Jackpot unter uns haben … Alex!«

»Wir wissen, dass Alex der Einzige in der GANG ist, der eine Chance auf einen Abschluss hat. Er kann aber nicht gleichzeitig für uns die Prüfungen schreiben«, antwortete Matthes.

»Das meine ich auch nicht«, führte Arthur fort. »Es ist vielmehr seine Mutter.«

Jetzt war auch Alex Interesse erweckt. Was hatte seine Mutter mit den Prüfungen zu tun? Was wollte Arthur von ihr? Neugierig lauschte er seinen Ausführungen weiter zu.

»Es ist doch so, dass Alex' Mutter Sekretärin an der Schule ist. Die Aufgaben der Prüfungen werden immer ein paar Tage vor den jeweiligen Prüfungen an die Schule geschickt und solange in dem Schulsafe verschlossen … Der Safe befindet sich im Sekretariat …«, erklärte Arthur weiter.

Er machte eine Pause, damit auch die anderen Eins und Eins zusammenzählen konnten. Es dauerte eine Weile, bis endlich alle verstanden.

»Aaaaah, du meinst also …«, verstand Malik und begann zu grinsen. »Allein mit diesem Plan hast du dir schon einen Abschluss verdient!«

Nur Alex verstand anscheinend noch nicht, was seine Mutter mit den Prüfungen und dem Safe zu tun hatte. Nie und nimmer würde sie ihm die Prüfungsunterlagen geben, damit er sich im Vorfeld vorbereiten könnte. Immerhin könnte sie dadurch ihren Job verlieren.

»Meine Mutter wird da nicht mitmachen«, sagte er.

»Deine Mutter wird auch gar nichts davon mitbekommen. DU wirst nämlich die Prüfungen vorher aus dem Safe besorgen«, befahl Malik.

Alex lachte auf. Er verstand Maliks Aufforderung als einen schlechten Scherz.

»Es ist nicht witzig, sondern genial. Du wirst einfach abends mit dem Schlüssel deiner Mutter ins Sekretariat einbrechen und mit dem Handy Fotos von den Aufgaben der Prüfung machen. Dann verschließt du den Safe wieder und keiner bekommt etwas mit, da du nichts geklaut hast.«

Alex fühlte sich wie von einer Eisenbahn überfahren. Verstand er gerade richtig, was die GANG von ihm verlangte? Sollte er tatsächlich in der Schule einbrechen, Prüfungsunterlagen fotografieren und seine Mutter womöglich um den Job bringen? Dieser Plan ging eindeutig zu weit. Bei vielem war er jetzt Teil der Gruppe – Diebstähle, Erpressungen und Schulschwänzen waren schon zur Normalität geworden, aber das, was nun von ihm verlangt wurde, konnte er nicht umsetzen und sagte deshalb: »Leute, das kann ich nicht machen. Das geht nicht.«

»Das ist eine Sache von zehn Minuten. Einmal mit dem Schlüssel ins Sekretariat, den Safe aufmachen, ein Foto machen, den Safe wieder zumachen und abhauen. Ist doch ein Klacks«, bestärkte ihn Emre.

*So einfach ist es nicht,* dachte Alex. Anscheinend war ein Teil von ihm doch noch nicht so abgebrüht, dass er seine Zukunft aufs Spiel setzte und seine Familie hinterging.

»Ich mache es nicht!«

Malik verstand sofort die Ernsthaftigkeit der Aussage. Seine Miene verdunkelte sich und er setzte das Gesicht auf, das er für den Beutezug zur Erpressung von Fünft- und Sechstklässlern nutzte. Alex hatte dieses Gesicht schon lange nicht mehr auf ihn gerichtet gesehen.

»Oh doch, du wirst es machen, du Schisser!«, befahl er.

»Aber …«, versuchte ihn Alex zu unterbrechen.

Malik verstärkte seinen Befehl mit den Worten: »Es gibt hier kein Aber. Wenn du die Aufgaben der Prüfungen nicht besorgt, lassen wir dich auffliegen und gehen zur Polizei.«

Alex runzelte die Stirn. Was sollten sie denn bei der Polizei? Vielmehr sollten sie doch selbst Angst haben, dass die Polizei ihre Gesichter wiedererkannte.

Malik holte sein Handy heraus und scrollte durch sein Fotoalbum, bis er die Fotos fand, nach denen er gesucht hatte. Er drehte das Display zu Alex und zeigte im Schnelldurchlauf verschiedene Fotos, die vor ein paar Tagen entstanden waren – Alex wusste sofort, wo und wie. Malik hatte ihn anscheinend während der Beutezüge an der Brücke fotografiert. Es war eindeutig zu erkennen, was Alex auf den Fotos tat und sie ließen keinen Interpretationsspielraum.

*Jetzt bin ich am Arsch,* dachte Alex und starrte weiter auf das Handydisplay.

**Aufgabe 19:**

Alex kehrt nach dem Treffen mit der GANG nach Hause zurück. Seine Gedanken kreisen immer noch um die Fotos und die Tatsache, dass er von Malik und den anderen erpresst wird. Um seine Gedanken zu ordnen, holt er sein Tagebuch heraus, um sie niederzuschreiben.

Verfasse einen Tagebucheintrag auf der nächsten Doppelseite, in dem du beschreibst, was die GANG von ihm verlangt und welche Gefühle und Gedanken Alex dabei hat.

»Wer mit sich selbst in Frieden leben will, muss sich so akzeptieren, wie er ist.«

*Selma Lagerlöf*

# 20

Die Sonne brannte Alex auf der Brust. Links neben ihm stand die kleine Mia mit ihren rosafarbenen Schwimmflügeln und ihrem Schwimmreifen fest um den Bauch, der aussah wie eine verrückte Ente. Die aufgerissenen Augen des Tiers nahmen fast den ganzen Kopf ein, sodass die Proportionen der Figur nicht passten und sie merkwürdig wirken ließen. Rechts von ihm stand seine Mutter Conny, die mit Strohhut auf dem Kopf und ihrem leichten Schal um ihre Schultern blinzelnd der Sonne entgegen strahlte. Ihren Körper versteckte sie hinter der giftgrünen Luftmatratze, da sie überzeugt war, dass das ein oder andere rund um ihre Hüften platzierte Kilo sie verunstaltete. Das war natürlich Quatsch! Sowohl Alex als auch ihr Ehemann Thorsten fanden ihre Figur perfekt und versuchten, es ihr auch so oft es ging klarzumachen. Thorsten stand neben seiner Frau und zeigte ihre Zusammengehörigkeit, indem er seinen Arm um ihre Schultern legte. Seine Sonnenbrille half ihm, seine Augen nicht so zusammenkneifen zu müssen wie die anderen Familienmitglieder und er brauchte auch kein Handtuch oder eine Luftmatratze, um sein kleines Bäuchlein, das leicht über seine rote Badehose rüber hing, zu kaschieren.

Alex fühlte den feinen Sand unter seinen Füßen und hörte das Rauschen der Wellen, die hinter ihnen an den Strand schwappten, als ob es gestern gewesen wäre. Zurück in der Gegenwart musste er aber feststellen, dass das Foto, welches diese Situation abbildete, bereits zwei Jahre alt war. *Die Menschen darauf sahen glücklich aus – eine Bilderbuchfamilie,* dachte Alex und das stimmte zu diesem Zeitpunkt auch. Damals hatte er nicht mit seiner Familie in den Urlaub fliegen, sondern viel lieber mit Andy in ein Feriencamp oder sonst wo die Zeit verbringen wollen. Doch seine Eltern hatten auf die gemeinsame Zeit bestanden und so war er gezwungen, mitzufahren. Im Nachhinein war dies eine schöne Pflicht, denn zurück in der heutigen Realität wünschte Alex sich genau solch eine unbeschwerte Zeit zurück.

Nicht allzu lange war es her, dass noch alles okay war. Er war gerne nach der Schule nach Hause gekommen und hatte von seinen Erlebnissen und Neuentdeckungen mit seinem besten Freund Andy erzählt. Er hatte sogar gerne Zeit mit seiner kleinen Schwester verbracht, obwohl Geschwister oftmals nervten und eher Kotzbrocken waren. Irgendwie aber war er mittlerweile selbst zu einem Kotzbrocken geworden. Auch wenn Alex gerne mit seiner Familie gemeinsam zu Abend essen wollte, musste er dieser Situation seit Wochen so gut es ging aus dem Weg gehen. Es kamen immer wieder die gleichen Fragen auf, die er durch Lügen umschiffen musste – »Wo warst du? Hast du etwas von Andy gehört? Was habt ihr gemacht?« Und so weiter.

Vor allem die Fragen nach seinem besten Freund stachen ihm wie ein Messer in die Brust. Er erinnerte sich an die Momente, in denen sie unzertrennlich gewesen waren. Nach der Schule waren sie ihrer Leidenschaft nachgegangen, an den Wochenenden hatten sie jeweils bei dem anderen übernachtet und in der Schule waren sie siamesische Zwillinge – immer im Doppelpack anzutreffen. Jetzt war Andy nur noch irgendein Schüler der Geschwister-Scholl-Gesamtschule, der Alex noch nicht einmal mehr grüßte – und Alex konnte ihn sogar verstehen. Er spielte immer wieder mit dem Gedanken, Andy anzuschreiben, verwarf diese Idee aber schnell wieder. Die letzte Nachricht von seinem ehemaligen A-Team-Partner war eindeutig: »Ich kenne keinen Alex mehr!«. Alex konnte es ihm noch nicht einmal verübeln. Er war ein Arschloch geworden, vor allem gegenüber den Menschen, die er eigentlich liebhatte. Und jetzt müsste er seinem ganzen Verhalten auch noch die Krone aufsetzen und der größte Arsch aller Zeiten werden, indem er den Job seiner Mutter aufs Spiel setzte.

Da es keine Geheimnisse in der Familie Richter gab, wusste Alex ganz genau, wo der Schulschlüssel zu finden war und so schüttelte er die Erinnerungen an die friedlichen Zeiten vor den Osterferien ab und begann, Pläne für den Einbruch zu schmieden.

**Aufgabe 20:**

Wie stellst du dir das Familienfoto aus dem Urlaub vor? Zeichne es auf der nächsten Doppelseite und nutze dafür alle Informationen, die in diesem Kapitel vorkommen. Deine Zeichnung kannst du anschließend mit der Markierung @wahrefreundebuch auf Instagram posten.

»Es ist nicht der Berg,
den wir bezwingen –
wir bezwingen uns selbst.«

*Edmund Hillary*

# 21

Die Schelle signalisierte den Schulschluss dieses Tages. Alle Schüler schmissen Stifte, Blöcke und Bücher in ihre Rucksäcke, knallten die Stühle auf die Tische und rannten aus dem Klassenraum. Nur Alex nicht! Er musste sich nicht beeilen, da ein Treffen auf ihn wartete, vor dem er sich mindestens genauso fürchtete wie anfangs vor der GANG – ein Gespräch mit seiner Mutter und Frau Lindemann. Seine Gefühle waren ein Gemisch aus Enttäuschung, Mut, Versagen, Selbstzweifel und Wut und er konnte nicht festmachen, welches überwog.

Einsam saß er in dem menschenleeren Klassenraum. Er legte sich Antwortmöglichkeiten zurecht, die er auf unangenehme Fragen entgegnen konnte.

*Mir geht es gut, wirklich!*

*Nein, mein Abschluss ist nicht gefährdet, ich habe doch immer noch top Noten!*

*Wegen meiner Bauchschmerzen gehe ich in den nächsten Tagen zum Arzt.*

*Ja, ich hatte in den letzten Wochen nicht so viel Zeit für Mia. Das werde ich ab morgen wieder ändern, versprochen!*

Bei all den Lügen wurde ihm klar, wie bescheuert er war zu glauben, dass seine Mitmenschen nichts von seiner Veränderung bemerkten. Dass seine Mutter, immerhin die Sekretärin der Schule, keinen Kontakt zu seinen Lehrern aufnehmen würde – oder umgekehrt –, war total naiv von ihm. *Es war ja klar, dass die Bombe eines Tages hochgehen würde,* dachte Alex, während er das ungleichmäßige Klackern von mehreren Schuhabsätzen auf dem Flur hörte. Das Jüngste Gericht stand bevor. Je näher die Klackgeräusche kamen, desto lauter und fester hallten sie in das Klassenzimmer. Auch Alex' Herz pochte immer lauter und fester. Beinahe sprang es aus seiner Brust. Er setzte sich kerzengerade auf den Stuhl, zuppelte das letzte Mal nervös an seinen Haaren, schloss die Augen und atmete tief ein.

»Hallo, Alex. Schön, dass du hier bist«, sagte Frau Lindemann beim Eintreten und wuchtete ihre schwere Ledertasche auf das Pult. »Setz dich doch ein wenig näher hier ran!«

Seine Aufregung hatte er eigentlich mit einem möglichst weit von ihrem Pult entfernten Platz verstecken wollen. Das klappte schon einmal nicht.

Alex' Mutter Conny nahm neben Frau Lindemann Platz und begrüßte ihren Sohn mit einem herzlichen Lächeln. Obwohl das bevorstehende Gespräch eigentlich nicht komisch war und das Lächeln im Widerspruch zu Connys Innerem stand, versuchte sie dennoch die Situation sanft anzugehen. Sie erhoffte sich davon, dass Alex sich eher öffnete, als wenn sie direkt mit dem Vorschlaghammer auf ihn eindreschen würde. Sie selbst würde es sich wünschen, dass bei Konfrontationen die Menschlichkeit nicht schwindet.

Anscheinend funktionierte ihre Herangehensweise, denn Alex erwiderte das Lächeln und fügte ein »Hey, Mum!« hinzu.

Als er schlussendlich frontal gegenüber beiden Frauen saß, symbolisierte die Sitzposition, dass er jetzt Rede und Antwort stehen musste – wie auf einer Anklagebank.

Frau Lindemann begann erneut: »Alex, erkläre uns, warum wir hier sitzen! Du kannst es dir sicherlich denken.«

Aus den zuvor erdachten Antwortmöglichkeiten musste er nun die richtige auswählen.

»Ich denke, dass es darum geht, dass ich häufiger krank bin und deshalb ab und zu nicht mehr am Unterricht teilnehme.«

»Genau, unter anderem. Anscheinend liegt dir etwas schwer im Magen, das dich verändert und krank macht. Was ist es?«, bohrte Frau Lindemann weiter.

»Ich weiß es auch nicht so recht«, log Alex. »Vielleicht ist es die Gewissheit, dass die Prüfungen bevorstehen.«

»Ach, Alex, du weißt genauso gut wie wir, dass du ein super Schüler bist und noch nie vor irgendeiner Prüfung Angst hattest«, mischte sich nun Conny ein. »Es muss etwas anderes sein. Sprich doch mit uns!«

Alex sah seiner Mutter an, dass sie sich ernsthaft Sorgen machte. Dieses Gesicht sah er nur ganz selten. Es tat ihm auf einmal schrecklich leid, dass er sie die ganze letzte Zeit so im Unklaren gelassen hatte. Er wollte die Lügenspirale jetzt endlich stoppen. *Hilfe! Ich stecke in der Zwickmühle und finde keinen Weg hinaus. Ich belüge meine Mitmenschen schon die ganze Zeit. Andy hat sich von mir abgewandt,* waren die Sätze, die ihm für ein paar Sekunden durch den Kopf schwirrten. Doch seine tatsächliche Antwort lautete: »Ehrlich, es ist nichts weiter. Ich werde mich nun wieder bessern und mich selber nicht verrückt machen. Versprochen!« Damit hoffte Alex das Gespräch zu beenden. Frau Lindemann und seine Mutter waren aber anderer Meinung.

»Mir ist aufgefallen, dass du keinen Kontakt mehr zu Andy hast. Ihr wart doch immer so eng befreundet. Habt ihr euch zerstritten?«, fragte die Lehrerin weiter.

Auch hier versuchte Alex beide Frauen zu besänftigen und erzählte, dass sie sich wegen einer Lappalie in die Haare gekriegt hatten und keiner von beiden wusste, wie man auf den jeweils anderen zugehen konnte. Er versicherte aber, dass beide nun wieder miteinander auskamen und alles fast so wie immer war. Aus dem knappen Gespräch mit Andy hatte Conny aber zuvor erfahren, dass Alex sich immer mehr von ihm zurückzog und seinen besten Freund schon seit langem links liegen ließ.

*Alex hat jetzt neue Freunde,* erinnerte sich Conny an Andys Worte, konnte aber nicht ahnen, in wessen Fängen sich ihr Sohn befand.

»Mit wem verbringst du denn deine ganzen Nachmittage oder Pausen?«, fragte Frau Lindemann weiter. »Vielleicht ist es doch eher etwas Privates, was deine Bauchschmerzen verursacht.«

Alex zählte ein paar Namen von Schülern aus seinem Jahrgang auf, um zu zeigen, dass er seine Pausen sehr wohl auch ohne Andy gestalten konnte. Er versuchte durchblicken zu lassen, dass der Zoff zwischen ihm und Andy gar nicht mehr bestand. Aber er konnte schließlich nicht ahnen, dass seine Mutter auch schon mit der anderen A-Team-Hälfte geredet hatte und er sein Lügenkonstrukt mit den angeblichen Treffen mit Andy eigentlich gar nicht mehr aufrechterhalten konnte.

»Alex, wenn du Hilfe brauchst, in irgendeiner Schwierigkeit steckst oder sonst irgendwo der Schuh drückt, kannst du immer mit uns reden«, versuchte es seine Mutter erneut.

Sie konnte nicht mehr machen, als ihm seine Hilfe anzubieten und gut auf ihn einzureden. Alex sah, wie seine Mutter darunter litt, dass ihr Sohn sich so verändert hatte und sie anlog.

*Wie kann ich sie nur so enttäuschen?* Es gab jetzt aber keinen anderen Ausweg. So sehr sein Gewissen an ihm rüttelte – er konnte ihr nicht die Wahrheit sagen.

Er spürte, wie seine Kehle ihm langsam die Luft zuschnürte und Tränen seine Augen füllten. Er hielt es nicht länger aus. Er musste schnellstmöglich aus dieser Situation heraus. Explosionsartig sprang er von seinem Stuhl auf und rannte aus dem Klassenraum. Die Gesichter seiner Mutter und seiner Lehrerin nahm er nicht wahr. Er wollte sie auch gar nicht ansehen, weil er sich für sein Verhalten so schämte. Seine Tränen hätten ihn verraten.

Die Ratlosigkeit seiner Mutter brach ihn.

Er rannte die Gänge der Schule hinunter. Er rannte und rannte, bis der Kloß im Hals schließlich so groß wurde, dass er nicht mehr atmen konnte und sich mit einem lauten Schrei Luft machen musste, bevor er in sich zusammensank. Er glitt mit dem Rücken langsam die Steinwand hinab. Sein Gesicht vergrub er in seinen Händen, als seine Gefühle der letzten Wochen aus ihm ausbrachen. Tränen flossen über seine Wangen, sein Brustkorb ging heftig auf und ab und seine Beine zitterten.

Im Klassenraum saßen noch Frau Lindemann und Conny, die im Dunklen zurückgelassen worden waren. Ihr Verhör war ins Leere gelaufen. Die Kläger hatten keine Beweise anbringen können und der Angeklagte war samt seinen Geheimnissen aus dem Gerichtssaal entkommen. Dass etwas nicht stimmte, war den Frauen spätestens seit Alex' Flucht klar und auch er wusste, dass sie es wussten.

Alle Beteiligten mussten die Situation jedoch so hinnehmen. *Der Albtraum wird bald ein Ende haben,* schwor sich Alex.

**Aufgabe 21:**

Während Alex weinend an der Steinwand des Schulflures saß, dachte er an die ganze Situation der letzten Wochen und an die Gefühle seiner Mitmenschen. Vervollständige seinen inneren Monolog, indem du die Lücken füllst.

Endlich ist das Verhör vorbei! Ich fühle mich

_____

_____

_____

_____

_____

_____

Meine Mutter zu belügen, ist für mich

_____

_____

_____

_____

_____

_____

Sie kennt mich einfach zu gut, als dass ich ihr etwas vormachen kann. Die ganzen Lügen, Erpressungen und Spielchen müssen bald ein Ende haben. Ich kann es nicht länger mitmachen.

Mein bester Freund Andy

_____

_____

_____

_____

_____

_____

_____

Ich vermisse das Leben vor dem Treffen mit der GANG, weil

_____

_____

_____

_____

_____

_____

_____

_____

In letzter Zeit zweifele ich immer mehr an Malik und Co. Ich habe immer häufiger das Gefühl, dass sie mich ausnutzen, da

_____

_____

_____

_____

_____

_____

_____

Die paar Wochen bis zum Schuljahresende kriege ich auch noch rum.

# 22

Die Abschlussprüfungen standen kurz bevor – auch Alex' persönliche Prüfung. Je näher der Tag rückte, desto mehr wuchs das erdrückende Gefühl in seiner Brust.

*Ich fühle mich eingeengt, wie in einem viel zu vollen Bus. Es steigen auch noch immer mehr Personen ein,* dachte Alex, als er in sein Inneres horchte. Das Gefühl der Eingeschnürtheit und der Enge machte ihn handlungsunfähig. Mittlerweile standen die Leute im Bus dicht um ihn herum. Er konnte deren Schweiß riechen, deren Schluckgeräusche hören und den Atem der Fremden auf seinem Gesicht fühlen.

Damit er sich nicht am Tag des Diebstahls so gefesselt fühlte, erstellte er gemeinsam mit der GANG einen genauen Plan. Malik befahl Alex: »Du fragst einfach deine Mutter nach dem Code für die Alarmanlage! Ihrem Liebling wird sie doch sicherlich alles erzählen.«

Mamas Liebling war er bereits seit mehreren Wochen nicht mehr. Vor allem nicht nach dem Gespräch in der Schule.

»Sie wird ihn mir definitiv nicht sagen – schon gar nicht wegen der ganzen Dinge der letzten Wochen«, antwortete Alex.

»Dann musst du dir halt etwas anderes überlegen.«

»Sicherlich hat sie ihn irgendwo aufgeschrieben«, warf Emre ein.

Er hatte Recht. Alex dachte sofort an Connys kleines Notizbüchlein, in dem sie alle Passwörter und Nutzernamen von Internetseiten aufschrieb und Geburtstage notierte. Er wusste auch, dass sogar die PIN-Nummer ihrer EC-Karte darin zu finden war. Dass dieses Büchlein den Zugang zu Konten und Online-Plattformen gewährte, war kein Geheimnis in der Familie Richter. Die Eltern vertrauten ihren Kindern und waren felsenfest überzeugt, dass keines der beiden dieses Vertrauen jemals ausnutzen würde. Deshalb versteckte Conny ihren kleinen Schatz auch nie, sondern bewahrte ihn immer an derselben Stelle auf und Alex wusste genau wo.

Daher antwortete er: »Kann schon sein, aber ganz sicher bin ich mir da nicht.«

Er wusste, dass das Stehlen der Nummer den größten Riss in seiner Familie verursachen würde. Es würde eine enorme Kluft zwischen Alex und seinen Liebsten entstehen. Der Diebstahl im Kiosk, das Stehlen des Schulschlüssels, das Fotografieren der Prüfungsunterlagen und jetzt auch noch das!

»Wir brauchen auch einen Plan B, falls ich die Nummer nirgendwo finde«, sagte er schließlich und hoffte, dass er um diesen Vertrauensmissbrauch herumkommen und nicht auf das Notizbüchlein angewiesen sein würde.

Malik sah ein, dass er nicht davon ausgehen konnte, dass Alex' Mutter den Code der Schulalarmanlage offen rumliegen ließ oder lauthals herausposaunte – zumal ihre Kinder Schüler dieser Schule waren. Zu viel stand für ihn und seine Jungs auf dem Spiel, falls Alex nicht an die Prüfungsunterlagen herankommen könnte, nur weil die Alarmanlage noch aktiv war.

»Ok, Plan B sieht so aus: Wir bekommen den Code von den Putzen«, sagte der Bandenanführer. Die Jungs wussten, dass die Putzfrauen immer die Letzten in der Schule waren. Ihre im wahrsten Sinne des Wortes abschließende Aufgabe bestand darin, die Schule einbruchsicher zu hinterlassen. Sie gingen verschiedene Szenarien als Ablenkungsmanöver für die Reinigungskräfte genau durch. Lediglich sie konnten den Plan ins Wanken bringen, indem sie die Alarmanlage anschalteten. Das mussten die Jungs unbedingt verhindern.

»Wir beobachten sie einfach dabei, wenn sie den Code für das Scharfstellen des Alarms eingeben«, schlug Matthes vor.

Doch so einfach wie gedacht, ging es nicht. Die GANG verbrachte die nächsten Tage mit dem Ausspähen der Damen. Die Jungen kannten mittlerweile jeden Fleck, den sie vergaßen zu putzen. Doch immer, wenn ans Abschließen ging, hatten sie keine freie Sicht mehr. Vom Schulhof aus versuchten sie es mit einem Fernglas – erfolglos. Sie probierten ein Ablenkungsmanöver und "vergaßen" etwas im Klassenzimmer, sodass die hilfsbereite Frau noch einmal den Code eingeben musste, um sie hereinzulassen – erfolglos. So blieb ihnen nichts anderes übrig, als alles auf eine Karte zu setzen und am Tag des Einbruchs Emres Plan umzusetzen.

»Wir quatschen die Putze einfach so lange voll, dass sie die Alarmanlage gar nicht scharf stellt«, sagte er.

»Aber was ist denn, wenn wir es nicht schaffen und Alex auch nicht den Code zuhause findet, du Penner?«, motzte Malik ihn an. »Dann können wir ALLES vergessen!«

»Aber eine andere Möglichkeit bleibt uns doch nicht«, warf Matthes ein und Malik musste wohl oder übel feststellen, dass er recht hatte. Entweder ganz oder gar nicht! Die Aufgabe der GANG bestand also darin, das Anschalten des Alarms zu vermeiden, falls Alex den Code nicht finden sollte. Ihn beruhigte der Gedanke, dass er seine Mutter ein kleines Stückchen weniger hinterging, wenn er wenigstens den Code nicht stehlen müsste. Doch dazu müsste die GANG es tatsächlich schaffen, die Reinigungskräfte zu bequatschen. Egal welche Variante – Malik, Emre, Arthur, Dustin und Matthes wären sowohl bei Plan A als auch bei Plan B fein raus, falls etwas schiefgehen sollte, doch das begriff Alex in dieser Situation nicht. Zu nervös und aufgeregt war er und so schwirrten ihm nur noch Pläne für ein anderes, ruhigeres Leben nach der Tat im Kopf herum und er hoffte, dass seine Familie ihm eines Tages verzeihen würde.

*Ein Gefühl, als wenn der Bus endlich die Endstation erreicht und alle Leute aussteigen,* stellte er sich vor.

Alex' Handy vibrierte und zeigte:

> Wir haben es nicht geschafft. Die Alarmanlage ist an. Du MUSST den Code beschaffen. Wir warten an der Schule und werden dich beobachten. Malik

Puff! Auch dieser kleine Hoffnungsschimmer erlosch in Alex. *Wann gelange ich jetzt an das Notizbuch? Was mache ich, wenn der Code darin nicht zu finden ist? Wird meine Familie mir jemals wieder vertrauen?*

Er wünschte sich, dass es an diesem Tag keine Nacht und also auch keine Dunkelheit geben würde, die ihn dem Einbruch näherbrachte. Er kauerte auf seinem Bett, biss sich die Unterlippe und wibbelte mit seinen Füßen, während sein Herz in einem unrhythmischen Takt schlug. Sein Blick huschte im steten Wechsel von der Uhr zum Fenster.

»Du bist ja immer noch komplett angezogen«, stellte Conny fest, als sie ihren Kopf in Alex' Zimmer steckte. »Es ist gleich 21 Uhr. Willst du dir nicht etwas Gemütlicheres anziehen?«

Alex schrak auf. Er hatte gar nicht bemerkt, dass er seine Tür nicht verschlossen hatte. *Wie lange beobachtet sie mich schon?* Er musste sich dem Gespräch stellen.

»Ja, du hast recht. Mache ich sofort. Ich gehe jetzt sowieso schlafen«, antwortete er.

»Na gut. Ich bin auch total erschöpft und lege mich gleich auch hin. Gute Nacht, mein Großer. Schlaf schön!«, sagte Conny und schickte ihm einen Luftkuss zu, auch wenn sie wusste, dass er dafür schon viel zu alt war.

Seit Wochen beobachtete sie das merkwürdige Verhalten ihres Sohnes und wünschte sich ab und zu die Zeit zurück, als er sich noch über Luftküsse freute und ebenfalls welche schickte. Das Gespräch in der Schule hatte bislang auch nicht viel verändert, aber Conny wusste tief in ihrem Inneren, dass sie sich auf Alex verlassen konnte. *Wenn es hart auf hart kommt, wird er sich uns schon anvertrauen,* besänftigte sie sich selbst.

Alex lauschte an den Wänden und seiner Zimmertür. Er versicherte sich, dass nun alle Familienmitglieder in ihren Betten lagen, ging in den Flur zur Kommode und zog vorsichtig die erste Schublade auf, in der sich alle Schlüsselbunde und sonstiger Kram befanden. Er tastete leise nach dem richtigen Bund.

Plötzlich ging das Licht im oberen Flur an!

Scheiße!

Jetzt flog er auf!

In ein paar Sekunden müsste er Rede und Antwort stehen.

Wie eingefroren blieb Alex an Ort und Stelle stehen. Von der versteinerten Haltung erhoffte er sich, nicht gesehen zu werden. Das Pulsieren seines Herzens verhinderte, dass er genau horchen konnte, was im oberen Stockwerk vor sich ging. Er konnte das Quietschen der Badezimmertür ausmachen und sein Herzrasen entschleunigte sich einen Hauch. Nicht einmal zwei Minuten später signalisierte das herunterströmende Wasser der Toilettenspülung, dass jemand eine volle Blase hatte und keine Gefahr bestand. Alex wartete das zweite Quietschen der Tür und das Ausmachen des Lichtes ab, bevor er seinen Plan fortsetzte.

Die Hand, die sich immer noch in der Schublade befand, tastete weiter – diesmal nach dem kleinen Büchlein. Schlüssel, Taschentücher, Stifte, Briefe … Da war es!

Das Notizbuch.

Er zog sein Handy aus der Hose und aktivierte die Taschenlampe. Vorsichtig schlug er Blatt für Blatt um, damit er keine Geräusche von sich gab.

*Wie soll ich denn in diesem Schreibchaos die richtige Nummer finden,* fragte sich Alex, während er jede Seite durchsuchte. Doch genau mit diesem Gedanken sprang ihm das richtige Papier entgegen. SCHULE lautete die Überschrift. Aber was war das? Mehrere sechsstellige Zahlenkombinationen standen untereinander.

~~220364~~

~~290521~~

~~230629~~

~~060988~~

240888

271218

*Welcher ist denn nun der richtige Code? Sind die durchgestrichenen Zahlen alte Codes? Warum stehen am Ende aber zwei? Brauche ich beide Zahlenfolgen? Wo muss ich welche eingeben? Welche Kombination ist die aktuelle?* Fragen über Fragen randalierten in seinem Kopf. Ihm blieb jetzt aber keine Zeit für weitere Grübeleien. Er tippte die beiden letzten Zahlenfolgen als Notiz in sein Handy ein und verließ das Haus in Tippelschritten. *Die erste Hürde ist gemeistert,* dachte er und setzte einen Haken auf seiner imaginären Checkliste. Er verstaute den Schlüssel des Sekretariats wie einen heiligen Schatz in seiner Hosentasche und begann in die Pedale seines Fahrrades zu treten, um die Schule zu erreichen.

> Bist du schon auf dem Weg?

> Wir sind hier im Versteck an der Schule. Wir können dich nicht sehen. Wo bist du, zum Teufel?

> Spasti, warum antwortest du nicht?

Mehrere Nachrichten von Malik zeigte Alex' Handy an. Anscheinend hatte er schon lange nicht mehr darauf gesehen. Die GANG machte sich schon Sorgen um ihn.

> Bin gleich soweit. Sehen uns später!

Mit dem Eintippen dieser Nachricht dachte er an sein ganzes Verhalten in den letzten Wochen. Er hatte seinen besten Freund und seine Familie belogen und betrogen, raubte Supermärkte und alte Damen aus, trank Alkohol, rauchte Zigaretten und brachte kleine Schüler um ihr Taschengeld.
*Wer bin ich eigentlich? Mache ich das Richtige?*

**Aufgabe 22:**
Wie geht diese Handlung weiter? Wird Alex in die Schule einbrechen und die Prüfungsaufgaben stehlen? Welche Gefühle und Gedanken hat er?
Verfasse einen Schluss für dieses Kapitel.

_____

_____

_____

»Wer einmal sich selbst gefunden hat, kann nichts auf dieser Welt mehr verlieren.«

*Stefan Zweig*

# 23

Alex trat in die Pedale seines Fahrrades und erreichte die Schule. Während der Fahrt dachte er an sein Verhalten während der vergangenen Wochen. Er hatte seinen besten Freund und seine Familie belogen und betrogen, Supermärkte und alte Damen ausgeraubt, Alkohol getrunken, Zigaretten geraucht und brachte kleine Kinder um ihr Taschengeld gebracht.

*Wer bin ich eigentlich? Mache ich das Richtige?*

Es blieb ihm keine andere Wahl. Er musste es jetzt tun.

Alex lehnte sein Fahrrad an die Steinwand der Schule ab. Abschließen brauchte er es um diese Uhrzeit nicht. In seinen schwarzen Hosen und seinem schwarzen Kapuzenpulli, den er über den Kopf bis tief in das Gesicht zog, schlich er zum Seiteneingang. Hier gingen zu Schulbeginn und -ende die Sekretärinnen und später die Reinigungskräfte ein und aus. Genau hierfür passte der Schlüssel seiner Mutter. Er wusste ganz genau, dass mit dem Umdrehen des Schlüssels und somit dem Öffnen der Tür die erste Straftat an diesem Abend begann – einen Einbruch in ein fremdes Gebäude mithilfe eines entwendeten Schlüssels. *Ich kann jetzt keinen Rückzieher mehr machen. Es ist zu spät für Grübeleien,* dachte Alex.

KLACK!

Offen. Der Schlüssel verschaffte ihm den Eintritt in das Schulgebäude. Ein weiterer Haken auf seiner imaginären Verbrecher-Checkliste konnte gesetzt werden. Alex stand im Türrahmen vor dem langen, stockfinsteren Gang, der zu der Glastür des Sekretariats führte. Er knipste seine Handytaschenlampe an und leuchtete den Flur hinunter. Im Schein der Lampe glänzten ihm einzelne Spinnenweben an den Decken entgegen und er sah den Staub in der Luft tänzeln. Die Luft roch nach modrigen, alten Büchern. Mit jedem Schritt zur Glastür hatte er das kitzelige Gefühl in seinem Gesicht, durch abertausende Spinnennetze zu schreiten. Je näher er sich zur alarmgesicherten Tür bewegte, kroch in ihm nicht nur Ekel durch Mark und Bein seines Körpers, sondern auch die Angst.

Die GANG hatte es nicht geschafft, sie heute deaktiviert zu lassen. Jetzt musste Alex sich auf eine der Zahlenkombinationen 240888 und 271218 verlassen. Doch welcher Code war der Richtige? Beim Eintippen der falschen Zahl würde der Alarm angehen. 240888? 271218? Für welche sollte er sich entscheiden? Allein diese beiden Zahlenfolgen entschieden über Erfolg oder Misserfolg der Tat.

*Es darf jetzt nichts mehr schiefgehen,* hoffte Alex. *Die Zahlen darüber waren allesamt durchgestrichen, doch warum die vorletzte nicht? Hatte meine Mutter vergessen, sie zu streichen?* Er verließ sich darauf, dass es wohl so sein musste – 271218 war bestimmt der richtige Code! 240888 war der alte. Vor seinem inneren Auge stellte er sich vor, wie seine Mutter die neue Kombination in ihre Merkhilfe schrieb, als plötzlich das Telefon klingelte und sie deshalb vergaß, die vorherige durchzustreichen. So musste es gewesen sein! Seine Hand bewegte sich zum Tastenfeld der Alarmanlage.

2!

Das Display der Schaltzentrale erleuchtete und zeigte die ein-
getippte Ziffer an.

7!

1!

2!

1!

8!

Die Alarmanlage gab kein Zeichen von sich, ob die eingege-
bene Kombination die richtige war. Kein grünes Lämpchen,
kein Hinweiston.

*Wurde der Polizei ein stiller Alarm übermittelt?,* fragte sich
Alex. Er stand bereits vor der Glastür und jetzt musste er auch
probieren, ob sie sich öffnen ließ. Vorsichtig legte er die
Hand, die nicht das Handy hielt, auf den Türgriff und drück-
te ihn hinunter. Wenn dies eine verfilmte Hollywood-Szene
gewesen wäre, würde der Zuschauer nun die Hand in einer
Slow-Motion-Detailaufnahme sehen. *Das ist hier aber kein
Film,* dachte Alex und wurde sich der Realität wieder bewusst.
Er drückte den Hebel endgültig hinunter und

…

sein Herz hüpfte beinahe aus seiner Brust,

…

ein Seil um seine Kehle schnürte sich weiter zu,

…

es hämmerte in seinem Kopf und

…

er war drin.

Er hatte es tatsächlich geschafft, die Alarmanlage zu entriegeln. Auf das Notizbuch seiner Mutter war Verlass. Jetzt lag alles fast schon in trockenen Tüchern. Mit geschwollener Brust und kräftigen Schritten nahm er die letzten Hürden. *Von nun an kann nichts mehr schiefgehen!*

Er schloss die Eingangstür des Sekretariats auf, kramte in der Schreibtischschublade seiner Mutter nach dem Schlüssel des Safes und öffnete auch diesen, ohne weitere Gedanken an Richtig oder Falsch zu verschwenden. Er leuchtete in den Safe und sofort sprangen ihm die dicken braunen Umschläge entgegen, in denen sich die Hoffnung auf die Schulabschlüsse von Malik und seinen Freunden befand. Anders als mit der GANG vereinbart, schoss er aber keine Fotos von den Prüfungsaufgaben, sondern legte die einzelnen Blätter in das Einschubfach des Kopierers und drückte auf START. Dieser schluckte im Sekundentakt alle Exemplare und spuckte an anderer Stelle die Duplikate hervor. *Prüfungsaufgaben stehlen – Check.* Ein weiterer Punkt zum Abhaken auf der Verbrecherliste. *Das ging ja leichter als gedacht. Ich habe es tatsächlich geschafft,* lobte er sich und klopfte sich auf die Schulter.

Lässig verstaute Alex die Originale in die Umschläge, stellte sie in den Safe zurück, verriegelte ihn, legte den Schlüssel wieder in die Schublade, schloss das Sekretariat zu und machte sich mit den kopierten Prüfungsaufgaben in der Hand auf den Rückweg zum anderen Ende des langen düsteren Flurs, als ob nichts gewesen wäre. Anders als beim ersten Betreten des Flurs fühlte er sich nicht mehr ängstlich und klein. Jetzt wandelte sich sein Selbstzweifel in reines Selbstbewusstsein.

Der Flur schien in einem ganz anderen Taschenlampenlicht. Die Spinnenweben kitzelten angenehm sein Gesicht, was ihn an die langen Haare seiner Schwester erinnerte, die umher zauselten, wenn sie ihn umarmte. Der Geruch der alten Bücher rief in ihm das Bild eines gutbehüteten Schatzes hervor. Er fragte sich, wie viele Geschichten hier an diesem Ort wohl schon geschrieben und nun sorgfältig über Jahrzehnte gesammelt worden waren. Obwohl nur knapp zehn Minuten vergangen waren, sah der Korridor nun völlig anders aus.

*Bald ist es vorbei,* dachte Alex und tippte folgende Nachricht in sein Handy ein:

> Hab' die Aufgaben.
> Warte auf euch in der Schürbankstraße.

*Malik wird Augen machen. So wie gleich werde ich ihn wohl nie wieder beeindrucken,* freute sich Alex. Er rollte die Dokumente wie ein Fernrohr zusammen, klemmte das untere Drittel in seine vordere Hosenseite und stülpte zum Schutz seinen Pullover darüber. Dann schnappte er sich sein Fahrrad und fuhr zur Schürbankstraße, die parallel zur Schule verlief. Er fühlte Augenpaare auf sich gerichtet, doch das war ihm egal. Er wusste ja schließlich, von wem er beobachtet wurde.

Lediglich zwei Minuten musste er warten, bis Malik, Emre, Matthes, Arthur und Dustin zwischen zwei Häusern auftauchten und auf ihn zukamen.

»Du bist unser Mann!«, begrüßte Malik Alex und klopfte ihn auf die Schulter.

»Zeig die Fotos her und schick sie uns sofort!«

»Sorry, Jungs. Es gab eine Planänderung. Ich habe keine Fotos gemacht, sondern Kopien. Hier sind sie«, vertröstete Alex und holte die Papierrolle unter seinem Pulli hervor.

Ohne Alex' Abweichung vom Plan zu hinterfragen, riss Malik ihm die Rolle aus den Händen. Das Glänzen in seinen Augen verriet, dass er mit Alex zufrieden war. Auch Alex freute sich über seinen Mut.

»Richtig geil!«

»Jetzt werden wir auch zu solchen Strebern, wie du einer bist!«

»Hammer!«

Alle Bandenmitglieder freuten sich mit Malik und klatschten sich gegenseitig ab, als ob sie es gewesen wären, die die Prüfungsunterlagen besorgt hatten.

»Hau rein, Alex, du Volldepp«, verabschiedete sich Emre und lachte laut auf.

Malik, Matthes, Arthur und Dustin stimmten ein.

Alex aber blieb cool. Er lachte sogar mit.

»Du bist ja noch dümmer, als wir gedacht haben«, scherzte Arthur weiter. Das Lachen der Jungs wurde noch lauter.

Vor lauter Belustigung bekamen die Jungs zunächst nicht mit, dass sich hinter ihren Rücken fünf Männer näherten – einer muskulöser als der andere. Erst als Malik und seine Freunde sich zufällig umdrehten, bemerkten sie die Fremden. Es war aber schon zu spät. Jeder Muskelprotz packte sich ein GANG-Mitglied. Sie drehten ihren jeweiligen Gefangenen um 180 Grad und verschränkten dessen Arme hinter dem Rücken. Malik verlor bei diesem Überfall die Prüfungsunterlagen aus den Händen, die Zettel flatterten durch die Luft und seine Hoffnung auf einen Schulabschluss verwehte. Er kämpfte als Einziger so stark, dass einer der Unbekannten härter zupacken musste. Malik spürte einen festen Stiefel, der ihm ein Bein stellte und bevor er wusste, wie ihm geschah, lag er bäuchlings auf dem Boden. Er fühlte eine riesige Muskelmasse auf seinem Schulterblatt sitzen.

»Jetzt ist Schluss, mein Freund«, meldete sich der Riese. »Mein Name ist Stefan Raider, Polizeioberkommissar.«

In diesem Augenblick fiel der Groschen auch bei Matthes, Emre, Dustin und Arthur, die wie Fische am Angelhaken an den Polizisten herumzappelten, um sich von ihrer ausweglosen Lage zu befreien.

»Was haben wir denn gemacht?«, fragte Malik und spielte den Ahnungslosen.

»Ihr fünf werdet wegen mehrerer Delikte mit auf das Revier kommen«, erklärte der Polizist.

*Fünf? Warum fünf?*, fragte sich der Bandenanführer. Er drehte seinen Kopf so, dass er vom Bordstein schräg nach oben schauen konnte. Er sah Alex – ohne einen Polizisten, ohne verschränkte Arme, ohne Angst und zählte Eins und Eins zusammen.

»Du elender Bastard«, schrie er.

Auch die anderen Festgenommenen verstanden nun.

»Du mieser Penner!«

»Hurensohn!«

»Wir haben euch seit längerer Zeit und vor allem heute Abend genau beobachtet. Mithilfe von Alex, der uns als Informant zur Seite stand, konnten wir euch nun auf frischer Tat ertappen. Wir waren in den Einbruch und den Diebstahl der Prüfungsunterlagen eingeweiht und haben mit Alex das ganze Vorgehen besprochen. Mit dem Empfang der Kopien habt ihr gezeigt, dass ihr die Köpfe des Verbrechens seid«, erklärte Herr Raider.

Der Polizist hob Malik mit einem heftigen Ziehen an den verschränkten Armen vom Boden auf. Der Bandenchef wehrte sich nicht mehr. Er verstand jetzt genau. Er rotzte Alex vor die Füße und zeigte ihm damit, was er von ihm hielt.

»Du verlogener Verräter«, schimpfte er zum Abschluss, während Oberkommissar Raider ihn zum Kleinbus begleitete, in dem alle Verbrecherjungs Platz nehmen mussten.

»Wer ist jetzt noch dümmer als gedacht?«, flüsterte Alex zu sich selbst.

Zeitgleich leuchtete ein einzelnes Licht am anderen Ende der Schürbankstraße. Es wankte leicht von links nach rechts und von oben nach unten. Es wurde immer größer. Das Leuchten erinnerte Alex an den Vergleich zwischen seiner Mutter Conny und dem Leuchtturm. Er hatte das Gefühl, dass dieses Licht den sicheren Hafen zeigt und eine heimelige Wärme durchfloss seinen Körper. Er blinzelte und erkannte ein strahlendes Fahrradlicht. Erst ein paar Meter vor ihm erkannte er den Fahrer – Andy. Ein Lächeln breitete sich auf seinem Gesicht aus, bei Andy ebenfalls, als sie sich in die Augen sahen.

»Du hast das Richtige getan«, bestärkte Andy ihn und umarmte die andere Hälfte des A-Teams. »Mann, Mann, Mann! Wenn ich dich alleine lasse, kommst du auf blöde Ideen«,

»Danke für deine Hilfe«, antwortete Alex und drückte die Arme hinter Andys Rücken noch fester zu.

Endstation. Jetzt waren endlich alle Passagiere aus seinem imaginären Bus verschwunden. Alex konnte aufatmen und sich frei bewegen, obwohl er gerade einer anderen Person so eng stand, dass sie beinahe verschmolzen.

**Aufgabe 23:**

Alex erhielt Unterstützung von der Polizei. Wie könnte diese überraschende Wende zustandegekommen sein?

Verfasse einen Rückblick, in dem du der Geschichte ein zusätzliches Kapitel hinzufügst.

_____

_____

_____

_____

_____

_____

_____

_____

_____

# 24
## Rückblick

Malik holte sein Handy heraus und scrollte durch sein Fotoalbum, bis er die Fotos fand, nach denen er gesucht hatte. Er drehte das Display zu Alex und zeigte im Schnelldurchlauf verschiedene Fotos, die vor ein paar Tagen entstanden waren – Alex wusste sofort, wo und wie. Malik hatte ihn anscheinend während der Beutezüge auf der Brücke fotografiert. Es war eindeutig zu erkennen, was Alex auf den Fotos tat und sie ließen keinen Interpretationsspielraum.

*Jetzt bin ich am Arsch,* dachte Alex und starrte weiter auf das Handydisplay.

»Was ist? Hast du jetzt Schiss?«, fragte Emre und grinste.

Alex wusste keine Antwort. Selbstverständlich hatte er Schiss. Er war nicht mit solchen Freunden groß geworden, die ihn bei der erstbesten Gelegenheit so aufs Kreuz legten. Er kannte solche Verhaltensweisen aus seinem Familien- und Freundeskreis nicht.

»Ach, Quatsch!«, log er und erhoffte sich durch diese Antwort, die Situation schnellstmöglich verlassen zu können.

»Alles klar. Wir zählen auf dich, wenn nicht, dann …«, sagte Malik und hielt mit einem Augenzwinkern das Handy in die Höhe.

Das war das Zeichen für die anderen Bandenmitglieder, sich umzudrehen und das Treffen zu verlassen. Auch Alex kehrte nach Hause zurück. Wie Blitze schossen ihm die Fotos in den Kopf. Er realisierte, dass er von Malik und den anderen erpresst wurde.

*Was passiert, wenn ich die Prüfungsunterlagen nicht stehle? Oder wenn ich erwischt werde? Darf ich meinen Abschluss noch machen? Muss ich in den Jugendknast? Welche Strafe bekommen meine Eltern?*

Er sah die zutiefst enttäuschten Gesichter seiner Mutter und seines Vaters, wenn die Polizei bei ihnen zuhause auftauchte. Er sah seine Schwester Mia, die nicht fassen konnte, dass ihr Bruder ihre besten Freunde ausraubte. Er sah seinen besten Freund Andy, der sich endgültig von ihm abwandte und zum Schluss sah er sich selbst wie in einem Spiegelbild und erkannte sich nicht mehr. Er sah einen schlaksigen Typen, der versuchte böse zu sein. Er sah einen Hampelmann, der wie eine Marionette an Strippen gezogen wurde.

Alex blickte in sein Inneres und konnte ein gebrochenes Herz sehen, dass sich nach der heilen Welt im Kreise der Familie und seines besten Freundes sehnte – ohne Lügen, ohne sich beliebt machen zu wollen, ohne Angst vor dem nächsten Verbrechen. Dieses lächerliche Spiegelbild machte ihm klar, dass er diese Person nicht war und auch in Zukunft nicht mehr sein wollte. Das Bus-Gefühl stieg wieder in ihm hoch. Es stiegen wieder viel zu viele Personen in den schon rappelvollen Bus ein, die ihn so zusammendrückten, dass er bald schon nicht mehr atmen konnte.

Um sich von diesem Gedanken zu befreien, holte er sein Tagebuch heraus und schrieb sie nieder. Gerade als er sein kleines Büchlein aufklappte, fiel ein Kärtchen auf den Fußboden – die Visitenkarte des Polizisten, der ihn damals beim Supermarktraub der GANG um Hilfe bat.

Stefan Raider – Polizeioberkommissar.

Alex Gedanken kreisten um die Fragen: *Soll ich dem Ganzen ein Ende bereiten und mich der Polizei anvertrauen? Wie würde es für mich ausgehen? Was wird aus mir, wenn die GANG mitbekommt, dass ich sie verpetze?*

An sich allein konnte Alex nicht mehr denken. Der Job seiner Mutter, sein Schulabschluss und sein Familienleben standen auf dem Spiel. Als sich gerade weitere Personen in seinen imaginären Bus quetschen wollten, sprang er auf. Ohne weiter lange zu überlegen, rannte er zur Haustür, schnappte sich sein Fahrrad und radelte los. Er trat so fest in die Pedale, dass er nach wenigen Minuten vor dem Polizeirevier stand. Alex verschwendete keinen weiteren Gedanken an Malik und die Jungs. Stattdessen fühlte er, dass immer mehr Personen den Bus verließen, je näher er dem Präsidium kam. Eine Handvoll Leute waren bereits ausgestiegen, sodass er schon wieder seine Arme fühlen konnte, während er das Polizeigebäude betrat und zur Anmeldung ging.

»Kann ich dir helfen?«, fragte die Polizistin hinter dem Glasschutz.

»Ich möchte bitte Stefan Raider sprechen«, antwortete Alex und legte das Visitenkärtchen auf den Tresen.

Die Polizistin nahm den Telefonhörer und teilte dem Polizeioberkommissar mit, dass ein gewisser Alex Richter mit ihm sprechen wollte.

Er musste nicht lange warten – eine Minute später trat Herr Raider in die Halle. Seine Körpergröße von knapp zwei Metern und sein muskulöser Körperbau machten Eindruck auf Alex. Sein Gesicht zierten aber so sanfte und herzliche Züge, dass er vertrauensvoll und freundlich wirkte. Er begrüßte Alex mit einem Handschütteln.

»Hallo, Alex, ich bin Herr Raider. Was kann ich für dich tun?« Alex erklärte, dass sie sich bereits kannten und schilderte den Vorfall, an dem der Polizist ihm das Visitenkärtchen gegeben hatte. Herr Raider erinnerte sich grob, konnte aber noch nicht verstehen, warum Alex nun auf dem Polizeirevier auftauchte.

»Jetzt bin ich hier, weil ich Ihnen dringend etwas sagen muss«, fuhr Alex fort.

Nachdem beide in das Büro des Oberkommissars gegangen waren, legte Alex die Karten auf den Tisch und erzählte dem Polizisten jede Kleinigkeit. Er hielt einen 20-minütigen Monolog, bei dem Herr Raider nicht zu Wort kam. Es sprudelte nur so aus ihm heraus, da die Worte viel zu lange im Verborgenen geblieben waren. Er fühlte sich danach wie befreit und fünf Kilo leichter. Die ganze Last, die sich seit mehreren Wochen angestaut hatte, fiel ab und er konnte wieder durchatmen. Die Enge, die ihn zerdrückte, verschwand vorerst.

Sein Gegenüber wartete noch eine Weile ab, um sicherzugehen, dass Alex tatsächlich seinen Befreiungsschlag beendet hatte und bot ihm schlussendlich einen Deal an …

**Aufgabe 24:**

Alex beichtete Oberkommissar Raider seine Vergehen, die er sowohl mit der GANG als auch alleine begann.

Verfasse diesen Monolog aus Alex' Sicht und beschreibe, wie er sich fühlt. Beginne mit diesen Worten:

»Es fing alles mit der Lüge im Supermarkt an. Damals, als Sie mir die Visitenkarte gaben, habe ich Sie angelogen …

_____

_____

_____

_____

_____

_____

_____

_____

_____

_____

_____

_____

# Epilog

An dem Tag, als Alex auf dem Polizeipräsidium gewesen war, hatten die beiden besten Freunde wieder miteinander gesprochen. Alex war direkt nach seiner Aussage auf dem Revier zu Andy geradelt, um auch ihm alles zu gestehen, sich ihm zu erklären und vor allem, um sich zu entschuldigen. Andy verzieh ihm und bestärkte ihn in der Umsetzung des Plans mit dem Oberkommissar Raider. Alex schämte sich für sein Verhalten der letzten Wochen und wusste, dass er seinen besten Freund buchstäblich mit Füßen getreten hatte. Umso mehr schätzte er es, dass der wieder zu ihm hielt und ihm bei seinen Problemen beiseite stand.

»Los, komm! Fahren wir. Wir haben deiner Familie einiges zu erklären«, forderte Andy und schubste Alex gegen die Schulter.

Sie schnappten sich beide ihre Räder und fuhren die Straßen entlang.

Als die zwei Fahrradlichter die Dunkelheit erleuchteten, erkannte Alex, was wahre Freundschaft bedeutete.